与马同跑

耶利米的非凡人生

Run with the Horses: The Quest for Life at Its Best

[美] 尤金·毕德生 著
by Eugene H. Peterson
张秀兰 译

南京大学出版社

图书在版编目(CIP)数据
与马同跑:耶利米的非凡人生/(美)毕德生著;张秀兰译.—南京:南京大学出版社,2009.10
ISBN 978-7-305-06443-2
Ⅰ.与… Ⅱ.①毕…②张… Ⅲ.耶利米—生平事迹
Ⅳ.B985
中国版本图书馆 CIP 数据核字(2009)第 167657 号

出 版 者 南京大学出版社
社 址 南京市汉口路 22 号 邮编 210093
网 址 http://www.NjupCo.com
出 版 人 左 健

书 名 与马同跑——耶利米的非凡人生
著 者 尤金·毕德生 著
译 者 张秀兰
责任编辑 曹晓玉
编辑热线 025-83232337
照 排 上海今明印刷排版校对合作公司
印 刷 北京领先印刷有限公司
开 本 880×1230 1/32 印张 5.5 字数 100 千字
版 次 2009 年 10 月第 1 版 2013 年 11 月第 2 次印刷
ISBN 978-7-305-06443-2
定 价 20.00 元

发行热线 025-83592828
电子邮箱 Press@NjupCo.com
Sales@NjupCo.com(市场部)

出版说明

古今中外,人类不断寻求一种超越此岸世界的精神生命,渴慕并孜孜以求地实践敬虔的道德生活方式,在笃信某种信念或理想的同时,以真实的生命将这种笃信彰显出来,落实在日常的经验世界之中。世界各个宗教或文化均对这种追求和实践提供了具体多样、颇具特色的路径。就中国传统语境而言,儒释道或修身达及内圣而外王,或退隐山林求成佛,或修炼己身以得道。而在缘起上同为东方宗教文明之一部分的基督宗教,自诞生以降,甚至在诞生之母腹的犹太教中,就开始回答人类面临的一个普遍难题:如何在罪恶、苦难、“空虚的空虚”(传道书)的人生之旅中陶造生命并臻至圣洁?两千年来,无论在东方世界,还是在西方(欧美)世界,大批陶造生命的圣人贤徒涌现出来,并留下卷帙浩繁的“陶造生命”类文库,旨在帮助人度过仅有的此生。

本丛书取名“陶造生命”,典出圣经,在圣经中耶和华神被勾画为一位陶匠,亲自用地上的尘土造成人形,把生气吹进他的鼻孔里,使之成为有生命的活人(创世记2:7;参见诗篇2:9;以赛亚书45:9;64:8;耶利米书第18~19章;罗马书9:21)。贯穿基督教两千年历史的线索之一,从使徒教父、沙漠修士,到教改运动、奋兴运动,再到后现代的灵恩运动,除了信经、神学、教义、解经、礼仪等之外,就是如何在信心中塑造、更新、打磨出新的生命。基督教的“陶造生命”的本意在于,人生在世界上须破碎自我、重建自我,但凭借一己之肉身无法成就这种目标。基督教的陶造生命之路从否定人自身的意志而诉求超越的他者,透过先由外而内、后由内而外的路径达及成圣,活出生命的至美,形成别具一格的精神追求之旅。

改革开放三十年来,我们在取得举世瞩目的经济成就之同时,正处在深刻的道德和信仰危机之中,活出一种真、善、美生命的样式是极难的事,生命的塑造已经成为一个迫切的问题。从上世纪80年代人们惊叹道德沦丧、道德滑坡,到90年代学界感叹人文精神的失落,我们在日常生活中耳闻目睹到人生的各种生命撕裂的悲剧:良知泯灭、自我和肉欲泛滥、解构一切的超越、媚俗和恶俗流行、金钱至上……我们如何在寻常的行卧起坐中显明出完美的生命品格面对未来而活在当下?这种难题迫使我们在承继中国传统文化中的道德资源之同时,关注并引介圣经中丰富的精神生命传统,以期帮助我们理解、完善、丰富自身的精神生命。

自利玛窦来华近四百年来,在中西文化交融的大背景之下,基督教文化已经逐步成为中国文化的一个组成部分。从内在关系上说,研究和吸收基督教的思想和观念,离不开基督教文化的道德和精神品格;如果说前者是基督教的"体",那么后者就为基督教之"用","体"要由内而外、由外而内地转化为"用"。从现代学术机制来说,引介基督教中的道德与精神遗产,已是中国学术界的一项重要任务。21世纪之初,这种工作不仅可以弥补基督教在中土发展中的薄弱环节,而且契合时代之需,回应时代对中国人精神文明建设的迫切要求。

本系列致力于推介当代东西方文化中关注生命问题的精品书籍。我们遴选的图书,都是以圣经文本为基础,并通过作者的深入解读,生发出有助于陶造人类的生命品格的好作品。实际上,这些书以活泼的语言、精辟的分析、生动的见证,已在东西方读者圈子中颇具声望,并产生出深远的影响,相信也定会赢得国内读者的喜爱。

本系列以"陶造生命"为关注点,为读者提供另外的生命视野,我们期待志同道合者一起吸纳赏鉴,并伴随21世纪中国文化进入"流着牛奶与蜜"的精神迦南美地。在这种上下探索的目标之下,我们大力邀请国内外从事相关研究的资深学者在选题、翻译和述介上提供咨询意见。我们在此深深希望这种工作既可以拿来为我中华文化所用,也可以与中华文化相互激荡,开拓出21世纪中国崭新的精神生命风貌。

刘 平 博士

2009年1月于复旦大学宗教学系

简体中文版序言

欣闻拙作《与马同跑》简体中文版即将出版,谨以此序言表达我的祝贺。

早年,我和我的朋友们开始追问这样一个问题:"我们如何活出非凡人生?"在此"非凡人生",对于我们这些处在特定的美国文化中的人而言,仅仅从竞争的角度来理解:比别人赚更多的钱,比别人更健康,比别人更出名,比别人更有权力。

我们越是追问"我们如何活出非凡人生",我们越会发现我们在美国人口中属于异类。在此,我要从圣经和耶稣的角度重新探索和定义"非凡",有意将我们自己的生活方式与美国方式分别开来,尽管我们一直以这种方式生活:教育子女、职场打拼,甚至进行各样的宗教活动。

我向我的朋友们建议,我们若多年成为耶利米先知的伙伴,就会对他的生活方式深有体悟。他活在对“非凡”具有完全不同理解的思想文化中,而且这种文化蔑视耶利米活出的非凡人生,但是他的确“活出了非凡人生”。在这方面,他是我们的先贤之一。而且我们就这么做了。我和我的朋友们试图让耶利米以耶稣的方式塑造我们的想象力和信心,拙作正是从我们多年的对话、祷告、敬拜中孕育而生。

我不知道在这些方面中国文化与美国文化的可比性有多大。除了从书本上略知一二之外,我不了解你们的语言,也不知道你们的文化。我深知两者的差异纷繁复杂。但是我盼望,我们必会找到共同的基础:无论是中国人,还是美国人,当我们一起来阅读耶利米时,相信这些曾经对我们有益的文字,也会对你们有所帮助。

如若你们成为我的朋友,我又如何不欣喜呢?

毕德生

刘平 译

2009 年 5 月

目 录

01

你怎能与马赛跑呢

你若与步行的人同跑，尚且觉累，怎能与马赛跑呢？

你在平安之地虽然安稳，在约旦河边的丛林要怎样行呢？

——《耶利米书》12:5

当今这衰老的社会令我感伤。刺激的娱乐多半不能吸引我，也几乎没有美的事物能令我陶醉；情诗唤不醒我，知识的领域也不能激发我；新兴的哲学、神学和新艺术，活跃的政治、社会或宗教运动都刺激不了我；没有人能指引我，也没有圣人来启发我；没有人是恶贯满盈得令我震撼，或激起我的同情；更没有人够资格去树立现行生活的模式。在这样一个沉闷的世界里生存，人不变得麻木不仁才怪。

我把未来寄望于这个奇异混乱世界中，少数谦逊、诚恳、热切寻求上帝的人身上。

——麦克纳马拉(William McNamara①)

令人不解的是，为何有这么多人活得如此懵懂，虽算不上邪恶、残酷，却是愚蠢不堪。即使是社会中的杰出人才，也少有为人称道或仿效的。我们中间不乏名人，但却没有圣贤之辈。成名的演艺人员专门给那些通宵达旦的无聊者提供娱乐，邪恶的罪犯攻击胆小安分的人，傲慢骄纵的运动员代替慵懒冷淡的观众参与各种竞技。人们以琐碎无聊的事来娱乐自己，而美善的事却总无法跃登新闻的标题。

郝汤姆(Tom Howard)形容现代人是“一家生意萧条的店铺”，他认为：“遗憾的是，我们发现自治的口号，并非出自一个自由、高尚的民族，而是一个被诗人、剧作家形容为无聊、困惑、疯狂、悲惨而又冷漠的民族。”

这种情形造成了一种怪现象：平凡的人借为非作歹来显示自己的重要。刺客、劫机者以行刺要人或劫机企图使自己由无名小卒一跃而为声名大噪的人物，而他们的企图多半能得逞。大众传播媒体报道他们的言行，作家竞相分析其动机、剖析其心态——从没有其他文化曾如此热心地奖励荒谬和罪恶。

反过来看，当我们探求做一个健全、成熟、幸福的人有何意义

---

① William McNamara, *The Human Adventure* (Garden City, N.Y.: Image Books, Doubleday, 1976), p. 9; and *Mystical Passion* (New York: Paulist Press, 1977), p. 3.

时，收获通常不多。这样的人或许一直在我们周围，但却不容易出名。因为没有新闻记者访问他们，也没有刊物对他们做特别报道；无人称颂他们，无人尊敬他们，所以他们不会带动潮流，也没有任何实质意义。奥斯卡奖从来不颁给诚实廉洁的人，年终也没有人会列出十大善心人士的名单。

渴望完美

然而，人对完美和正直始终有着一份渴慕。当人对那些被捧为名人的骗子、白痴感到极其厌恶时，常常会转向圣经去找出值得敬仰的人物，以满足这方面的需要。做一个真正的人究竟有何意义？而成熟、真实的人性又如何具体呈现在日常生活中呢？

当我们转向圣经时，往往会感到震惊。首先打击我们的，就是圣经里的人物竟然那么平淡无奇。我们找不出卓越的道德典范，也没有完美无瑕的贞洁楷模。亚伯拉罕撒谎、雅各欺骗、摩西杀了人又埋怨神、大卫犯奸淫、彼得亵渎神，这些事实，都免不了让人惊骇。

然而继续读下去，便可约略察觉出：圣经从头至尾所要显示的，就是这些属灵伟人与我们有相同的本性。我们发现，圣经对人这方面提供的资料是很有限的，但谈到神却毫无保留。它拒绝满足人类英雄崇拜的欲望，也不迎合一窝蜂地迷恋某事物的幼稚要求。我想理由很明显，因为这样助长的只是一种翻版式的生活。我们通过照片、纪念品、亲笔签名和游览访问，与某位生活比我们来得刺激、有趣的人士（这只是我们以为）交往。借着他们，我们从单调平淡的生活中找到娱乐。

这样做是因为我们深信自己太过平凡。我们居住的城市、生长的地方,我们交往的朋友、拥有的家庭和婚姻,似乎都显得平淡无奇。我们以为在这样的环境中无法找出任何意义,便拿旁人的际遇来证明生活的意义。我们把幻想建立在一个生活充满冒险刺激的人身上,而我们周遭总有这样的人不时供应素材和燃料,以维系我们这种由他人代理的生活(当然是有代价的)。整件事十分可悲,然而却相当盛行。

不过,圣经可不来这一套。圣经认为:每一个人都能找到生活中独特而富创意的要素。

我们不必踏着别人的脚印走,并且可与基督建立一种无与伦比的关系。由圣经可以清楚地看出,任何一个信心的故事,不论发生在何时,都是崭新的。上帝的创造力是永无止境的,它绝不会因疲倦、力不从心,而造出大批相同的成品。每一个生命都是一张全新的画布,上帝在上面所用的线条、色彩、明暗、结构和比例,都是前所未有的。

在此我们发现,每个人都有可能突破这个罪恶辖制下的社会窠臼,去过一种奔放的生活,一种融合了自发性和决心、使枯干的人生有了生趣的生活。实现这种生活的途径,就是投身于信仰生活中,享受神对每个生命,最初赋予的意义,并探究神在各样事上的作为。圣经人物特别吸引我们的地方,便是他们渴望为上帝而活,并将上帝的话、上帝的作为,全然融入他们的生活细节中。这些懂得分享神的话语及其作为的人,才是最有人性、最具生命力的人。他们也证明了一点:我们不必“以这种垂死的样子”过每一天,甚至一小时。

人的形象

圣经这种一体两面的特性——一面强化人类对完美的渴望，一面又蔑视人类的成就——通过耶利米书，更深深地震撼着我。

克林斯·布鲁克斯(Cleanth Brooks)曾写道："我们在寻找人的形象，一个在渐失人性的世界里仍尝试去认识人性本质——所作所为像个负责任、辨是非的人，而非如东西一般随波逐流。"①对我而言，耶利米就是这里所提到的"人的形象"，一个完美的生命，也就是希腊人所谓的至人(*aretē*)。从耶利米身上可以很明显地看出，这种完美是来于信心的生活，也来自他关心神超过了自我，这与名誉或成就几乎毫无关联。他就是一个活得完全而彻底的人，其中不掺杂丝毫个人的骄傲、属世的成功或个人的成就。耶利米激发了我对一种完美生活的渴望，同时，他也坚决抗拒任何想借自我提升、自我修炼而达到完全的企图。

要以一种动人的方式来刻画好的事物是相当困难的，但要把一个无赖描绘得有趣就容易多了。我们经历过的恶事要比善事来得多，以至于作家描写坏人的题材远超过描述好人。在小说、诗歌和戏剧中，令我们难以忘怀的角色通常不是坏蛋就是受害者，好人则较为枯燥乏味。耶利米却是一个特例。我成年后的大半时光早已被他深深吸引了，而他的复杂人性和深度便是吸引我的地方。他令人倾倒的特质是他本身的善、德行和完美，他的一生有声有

---

① Cleanth Brooks, *The Hidden God* (New Haven: Yale University Press, 1963), p.4.

色。耶利米的信心并非在温室中长成的,他曾饱受别人的敌意相待,也经历过重重怀疑而产生愤怒。在耶利米身上看不到丝毫矫饰、自满或天真——他的身体疲乏至极,心中的意念全遭排斥,感觉深深受到愚弄。耶利米的善,并非一般所称的"好",而是一种更接近英勇的性质。

耶利米不仅让人学到功课,对我的牧养工作亦有其重要性。我鼓励别人尽量发挥生命力,同时也给他们一些指引。但如何才能避免在无意间表现出的个人的自大和骄傲?又如何在激发别人渴望完美的同时,不掺入自私的意念,以排挤任何阻碍我的人?今天,鼓励人寻求一种更好的生活,我赞成;但建议人借着欲望的满足,以达到人性完美的境界,对世人无疑是痛苦的,也欺骗了我们的社会,我强烈反对。其实圣经已经明说:"不要照我的意思,只要照你的意思。"(太26:39)但我如何引导他们否定自我,却不误会我是鼓励他们做别人的踏脚垫呢?我碰到的难处是要鼓励人成长得完美卓越、过无私的生活,在丧失了自我的那一刻,同时又能够发觉自我。这似乎很矛盾,却不是不可能的;耶利米便是其中的佼佼者——一个自我完全实现(因此格外吸引人)和全然无私的人(因而具有成熟的智慧)。二十五年来不论谈话、演讲或讲道,耶利米一直是我的典范和良师。

追求至善

这个社会极力贬抑人性的尊严,人的地位如同蚁类,终日奔波忙碌,不停地赚取,也不停地消耗。对这种现象,我们如何反抗?耶利米就是一股冲劲。本书挑出耶利米书中有关人物记载的部分,将其反映于当前的日常生活中。耶利米是所提到的先知中最主要的一位,而其生活远比其教导来得重要。值得一提的是,当众人想要指认人子是谁时,耶利米是两个被提到的名字之一(太16:14)。借着潜心研读这卷圣经所获得的灵感,我希望能激起大家对完美的渴望。每个人都需要倾全力而活,需要从呆滞的道德习惯中被唤醒,也需要摆脱琐碎繁杂的工作,而耶利米为我做了,不仅为我,还为数不清的读者。他们倾听神对耶利米所说的话,透过耶利米传达的信息,都被引导走向完美的人生。

我将选好的段落,事件发生的先后次序写出来。耶利米书本身并未按年代来记载,而其内涵也远超过一本传记。因此,其中情境的转变经常会困扰读者,需要费一番工夫才能找出这些叙述的确切背景。我并不打算解析这些困惑和难题,也不打算写那个时代国与国间复杂的历史背景,虽然有了这层认识对阅读本卷书将有极大的帮助。果真要如此,那得再另写一本篇幅更长的书。读者若想进一步了解耶利米,愿逐章逐节仔细研读,我在此推荐三本书:哈瑞森(R. K. Harrison)的《耶利米书和耶利米哀歌》(*Jeremiah and Lamentations*)关于耶利米书的内容和背景有详细的介绍;约翰·汤普森(John A. Thompson)的《耶利米书》(*The Book of Jeremiah*)有更进一步的详细资料;约翰·布莱特(John Bright)的《耶利米》(*Jeremiah*)对先知及预言做了最完全的研究。

与马赛跑

捷克哲学家加德夫斯基(Vitezslav Gardavsky)曾高举耶利米为"人的形象",来抵制一个物欲横流的社会,一个消灭神迹奇事、压榨生活自由的社会。他在《上帝未死》一书中说,威胁生命的不是死亡,不是痛苦,也不是我们千方百计用社会及个人的力量去防范的那些灾祸。可怕的威胁乃是“在肉体尚未死去以先,我们的心早已死去。真正的恐怖存在于这种过早的死亡中,心灵已死,身体却仍活在世上。”

有一段著名的经文,是关于耶利米被那些反对他的人击倒,陷入自怜中,就要向这种死亡屈服时的光景。他准备放弃在神里面的独特事业。就在这个决定性的时刻,他听到了谴责的声音:“你若与步行的人同跑,尚且觉累,怎能与马赛跑呢?你在平安之地虽然安稳,在约旦河边的丛林要怎样行呢?”(耶 12:5)生化学家厄文·乔格夫(Eruin Chargaff)重新诠译这些问题:“你想得到什么?更多的财富?更快乐的生活?更长的寿命?比邻居强?或只是在逃避死亡?还是寻求更大的智慧,更深的敬虔呢?”

神对耶利米说:生活并不好过!你是否遇到挫折就停下来呢?当你发现生命不只是求三餐温饱及一处卧榻时,你会退缩吗?在你看到世间男女追求自身的舒适胜过为神的荣耀而去冒险进取时,你想躲回家吗?你是要活得战战兢兢呢,还是勇气百倍呢?我希望你将生命尽情发挥出来,追求正义,达到完美。我很清楚,做世上的寄生虫很简单,安于平凡也很容易;但简单不一定更好,其重要性和成就也不一定更多。我呼召你过一种有目的、远超过你所向往的生活,并且应许给你足够的力量去成就一生的目的。如今,一有困难你就想停止了。假如这些绕着磨坊跑的冷漠众生令你疲倦,那么真正的比赛——和动作迅速的好马比赛时,你该怎么办呢?究竟什么是你真正想要的?你是想和这群人漫步,还是与马一起赛跑呢?

我们不难了解人在寻求完美的途中会退却,在面临危险时会改变方向,也会失掉信心。人若拿最低尺度来定义自己("一个无羽毛的两足动物"),然后安心地活在世上,要比拿最高尺度来定义自己("比神微小一点"),并在现实中冒险生活要来得容易。我想,耶利米未必是毫不考虑地就回答了上帝的问题。因为,追求新生活的那份热切理想,早已随世界的冷嘲热讽丧失了,年轻热情的冲劲也不再召唤他了。所以他考虑再三,计算着代价,犹豫不决。虽然,他始终未在口头上答复这个问题,但却用他实际的生活来印证。他的一生就是回答:"我要与这些马赛跑。"

02

耶利米

便雅悯地亚拿突城的祭司中，希勒家的儿子耶利米的话记在下面……

——《耶利米书》1:1—2

名字具有什么意义？人类种族的历史存在于无数的名字当中。那些自认为客观的人既是活在一个万事都可计数的物质社会里，自然不明白这一点。他们摒弃过去历史中那些高贵而重要的名字，称之为科学的历史。殊不知，整部历史的意义却是在证明：神交古人是很重要的。

——尤金（Eugen Rosenstock-Huessy①）

① Eugen Rosenstock-Huessy, *Speech and Reality* (Norwich, Vermont: Argo Books, 1970), p.167.

在我的记忆里，我第一个愿望是希望长大后做一个印第安战士。我生长的地方，在我出生的几个世代之前，曾是印第安人的领土。从我家走到洛矶山的山脚，不过二十分钟。当我还是小男孩的时候，每逢周末，我经常带着午餐到山中去漫步一整天，探测森林和溪流，幻想自己正在和诡计多端的印第安人斗智。

如果硬要我说明一路上做了哪些事，恐怕我也说不上来；然而当时的感觉至今仍鲜活地留在脑海中：那是一种在荒野上冒险的生活，与城市安稳、平凡的生活大相径庭；又有一种善与恶互相对抗的感觉，因为当时我听过一些关于印第安人滥杀无辜，又将头皮剥下的野蛮行径。

世上任何一则伟大的故事不外乎要表达两个主题：人生是一种探险，人生是一场战争，就像荷马史诗《奥德赛》与《伊利亚特》中所描写的。每个人的童年，好比未经历炼的原料，经由上天的塑造，才能成为具有成熟信仰的生命。

对童年那段周末漫游山林所串成的梦想，我到后来才察觉大半都是错的。我假想自己在探险的那片荒地，原来是属于“北大方铁路”公司所有；并且已经被“纽约城”摩天大厦的经理主管人员看上，正准备破坏它呢！而那些被我想象成阴郁残暴的印第安人，其实是一个既高贵又厚道的民族，他们才是贪婪的早期移民枪杆下的牺牲品。我原先的想法并非事实，然而就我的经历而言，仍有两件事在根本上是对的。第一，生活的内涵远超过家庭、学校及我的居住环境所呈现的事实，找出它的本质，并向未知的境界展开探险，才是重要的。第二，人生是一场善与恶的争战，为了最高奖赏——善胜恶、爱胜恨——而战。生命是一种对真理永不止息的探究,人生是一场对破坏生命本质之事及人的持续战。

我漫游群山而从未发现印第安人,好几年之后,我才晓得贩卖印第安战士的市场早已不存在了。我不得不放弃这个幻想,幸好我已有接受这个事实的心理准备。因为我知道事情的真相终究比幻想来得好。同时我也发现自己处于某种压力之下,迫使我放弃生命是一项冒险、一场战争的信念;当时我不愿屈服,就是现在我仍不愿屈服。

有些人越成长,收获反而越少。当他们还是小孩的时候,他们对自己以及未来的生活抱着非常美好的憧憬;然而三十年后,却发现他们对于一些污秽、愚蠢的事竟能习以为常。是什么原因使孩童时代的愿望,一到了成年就萎缩了呢?

另有些人,越成长收获却越多。对他们而言,生命不会落入无聊的窠臼,而会升华至完美的境界。耶利米的一生就是如此。他在世六十年间从没有留下任何延宕、退缩的迹象,他总是不断地拓展现实生活的层面,朝新的领域探险。在屡次的奋战中,总会见到他勇敢坚毅地向一切朽坏、虚假及邪恶挑战。

耶利米是如何做到的,而我又该如何做到呢?在我放弃孩提时代幻想的同时,如何能再次把握住生活中真实的事物呢?我如何能脱去孩子气的幼稚,却仍保有原先对生命的正确认识呢?

命名的意义

耶利米书一开始就出现"耶利米"这个名字,接着又有好几个人名:希勒家、便雅悯、约西亚、亚们、犹大、约雅敬、西底家。这一连串的名字,正显示出耶利米的特性:个人性与普遍性角色形成对比，独立的个体与模糊的群体形成对比，个人独特的精神与一般性的人文情愫形成对比。这卷书对完全人的意义有最深刻的记载，就是以一些人名开始的。

命名实在很重要。人一出生就要取个名字。人生的航向由此被刻画下来。尤金（Eugen Rosenstock-Huessy）探索命名的意义，他说："当我们讲出一个名字时，并非只提到某人或某事，而是直接对他们说话……名字可使另一个人产生回应，语言最初的意义就在于此。"①

人一生下来就要取名字而不是被编号。一个名字就代表一个人。人不像动物被分门别类，也不像化学药品用标签来区别；人的价值是不能以金钱来衡量的。每一个人都有名字，而取什么名字其实并不比人有一个名字这件事来得重要。

耶利米独特的形象——艾华德（Ewald）称之为"最有人性的先知"②——以及他历经六十年所形成的活力，均源自这个经过慎重考虑而决定的名字。"被别人以真实的名字来称呼，是每个人成为真我过程的一部分。"耶利米有了自己的名字，而且有数个名字环绕他；他从未迫使自己去顺应某个角色，或随从社会的趋势。他的身份和重要得以发展，乃是由于命名这件事以及他对于自己名字的回应。为耶利米的世界揭开序幕的，不是景观或文化的描述，而是八个清楚的人名。

无论何时，一旦以抽象的图表或统计数字来取代人的名字，那

---

① Eugen Rosenstock-Huessy, *I Am an Impure Thinker* (Norwich, Vermont: Argo Books, 1970), pp. 41—42.

② Quoted by Skinner, *Prophecy and Religion*, p. 350.

么人与现实的接触就会减少，且个人对自我能力的肯定也会降低。然而，以编号取代人名的趋势正日益增加。例如：个人的社会保险号码，显然比本人还重要；我们的头衔比做事的能力重要；我们的公众形象，比长久建立的私交来得重要。当人顺从由个人变为非个人、由直接变为间接、由具体变为抽象的趋向时，我们就会越变越小，也越来越微不足道了，如果我们要保留原有的人性，就必须遏止这种趋势的扩张。

托马士·梅顿（Thomas Merton）曾提出警告："如果人因外在的身份，或护照上的照片形象而自满，那就太可悲了。难道人生是单单以指纹就能涵盖的吗？"①但我们在办理各项手续时，照片通常是不可或缺的。

有一次我申请一份跨州旅行的护照，申请时附上了一份出生证明。帮我办理此事的邮局职员，认识我已有十九年了，但他拒绝了我的申请，理由是我拿的资料不是正本，而是影印本。等我带了原证件去补办时，因上面没有盖浮印又被退了回来。我只好写信向出生地的州政府买了一份浮印的证明。自始至终，我是和一位知道我名字且认识我长达十九年的人交涉，然而他竟因文件不符而断然拒绝受理我的申请。

我想导致这件事发生的原因是很容易解释的。政府为了防止外国的间谍活动，所以对于护照的申请当然要格外审慎，若单凭个人的诚信和私交来断定此人的身份，是不可靠的；出生证明上一定

---

① 托马士·梅顿（1915—1968），美国天主教作家。引文出自他的 *The New Man* (New York：Mentor-Omega Books，1961)，p. 120.

要盖浮印,是防止伪造文件的一种方法。

以我的立场来看,这次在手续上的麻烦,倒不及事件本身所带来的趣味。但事件本身,一点点的不方便,对人性而言,却潜伏着很大的危机:假如别人经常忽视我的人格,久而久之,我自己也会接受这种看法而不以为怪。我会以符合统计标准与否,来自我肯定;以实用性来衡量自我;又以别人对我的好恶程度来评估自己的价值。在办理护照申请的过程中,我觉得自己被贴上了标签,指定成某个角色,而其效用只不过等于我的社会保险号码。我想,人必须有决心,有毅力,去肯定足以代表自己名字的意义,因为名字的重要性远超过经济趋势、都市危机,以及任何太空旅行的突破;因为名字是呼唤一个特定的人,使人知道我就是这个人,和另外一个人是截然不同的。

我的工作和获得的酬劳,并不能代表我的价值,而学校的档案记录,也无法反映我心中的想法。若要从外在分析我这个人是办不到的,最好还是叫我的名字。

一种期望的方式

名字不仅代表我们本人,它还包含了对一个人的期望,并宣告人一生的成长和发展。名字是有意义的。人名代表个人,同时也召唤我们去实现未来的我。

名字的意义不是借学术研究或内心反省而发现的,也不需要官方认可才生效;名字的意义不在词典里,也不局限于字体内。对耶利米而言,正是因为"耶和华的话临到他",才使他明了自己的存在和永生。

命名是一种期望的方式。我们依自己的期望，以圣贤、英雄或祖先的名字为孩子命名；有的父母随便拿电影明星或百万富翁的名字来为孩子取名，是他们觉得这样取名会避免伤害，还是这样的名字颇能吸引人呢？看看现代人，不是过着像演艺人员般肤浅做作的生活，便是追求百万富翁般的贪婪挥霍。对某些人来说，他们心目中的重要人物，只给予他们一种幻想，并不能使他们对未来怀着任何憧憬。

每当我抱着婴孩，站在受洗台前问他的父母时："这孩子的教名是什么？"我不仅是问："我抱的这孩子是谁？"同时也是问："你们希望这孩子成为什么样的人？你们对这个生命有什么异象？"乔治·赫伯深知名字能够引领人的一生，在16世纪的英国，他特别指示其他牧师在洗礼时"不要许可任何空泛、无益的名字"。

密西西比州的约克纳帕塔法郡（Yoknapatawpha）是小说家威廉·福克纳（William Faulkner）为表现当时生活中的精神面及道德面所创造出的区域；透过对当地人的观察，我们能更了解我们一生中将面对的悲欢离合。书中有个名叫蒙哥马利·沃德·斯诺普斯（Montgomery Ward Snopes）①的小孩，他在环境的塑造下成了一个地地道道的消费者；对他而言，这个名字再恰当不过了。如果你要自己的孩子，能挣会花，一有空便在街上闲逛，并以此来证明自己的男子气概，那么这个名字也最适合他了。蒙哥马利·沃德·斯诺普斯便是所有以逛街为崇拜，以百货商店为礼拜堂，以广告单为圣经的人的守护神。

---

① Snopes 指不择手段的商人或政客。——编注

社会中最崇高的工作之一，就是及早且清楚地提供使人成长的生活环境，并使人重视做一个完全人的意义。此时此刻，我们当中没有一人是完全的，但时过境迁，我们都会改变，有的变得多，有的变得少，有无数的化学变化、电子交换，随时在我们体内进行着，也随时有复杂的是非判断、属灵转变发生——我们会变成什么样子？是变得多还是变得少呢？

使徒约翰在写给早期教会的一封信里提到："亲爱的弟兄啊！我们现在是神的儿女，将来如何还未显明；但我们知道，主若显现，我们必要像他，因为必得见他的真体。"（约一 3:2）我们还是小孩子，但总有一天会长大；我们现在是神的儿女，将来会如何我们不知道，但我们却知道最后的目标是像主基督。以保罗的话来说，就是达到"直等到我们众人在真道上同归于一，认识神的儿子，得以长大成人，满有基督长成的身量"（弗 4:13）。我们并不是变质或分裂，乃是成为另一种样式。

有一次有人访问威廉·史丹福（William Stafford）："你是什么时候决定做一个诗人的呢？"史丹福指出这个问题问得不对：每一个人天生就是诗人——当人发现了字音及用字的方式后，都会乐在其中。他说："我只是继续从事每个人都做过的事罢了。真正应该问的问题是，为什么其他人会停止了呢？"

耶利米跟我们一样是人，但他始终努力不懈。六十多年的岁月里，他活出了他名字所蕴含的意义。"耶利米"这个名字的确切意思我们不知道，它可能指"高举神"，也可能指"神所掷出的"；然而可以确定的是这是一个属神的名字，因为其中有"上帝"。

希勒家和妻子在他们的孩子出生那天为他命名，希望上帝的作为在他的生命中彰显。他们期待着，仿佛预见他们的儿子在未来会成为一个高举神的人；或者他们期望自己的儿子能成为神的一枝标枪，以神的审慎和怜悯刺穿一切自私的抵挡物。无论如何，耶利米的名字是与神有关的，其生命与神的作为也是一致的；而他的父母将他视为神与人的结合，神的生命将借某种方式在这个孩子身上彰显出来。取名字不是一时的兴致，而是激发人对未来产生希望的力量。“希望不是梦幻，而是使梦想成真的一个途径。”（Cardinal L. J. Suenens）

在上帝眼中，每一个孩子，都是他将来要成就伟大事工的对象，而不只是父母亲基因的结合。他们是谁，会成为怎样的人，与上帝是谁及他的作为有密切的关系。神的爱、眷顾和救恩，早已和新陈代谢、血型、手纹一样，存在于我们现实的生活中。

纵观以色列史，其中大部分人的名字都与神的名称有关，由这些名字可看出神对他们长大后的期望。约西亚：神医治；约雅敬：神举起；西底家：神是公义的；耶利米：高举神或神所掷出的。他们中间有些人活出了他们名字所蕴含的意义，如耶利米和约西亚；其他人如约雅敬、西底家，他们的一生，则辱没了他们名字所蕴含的伟大应许。西底家有个荣耀的名字，但他背叛了它；约雅敬有个不同凡响的名字，而他也没能活出见证来。

其实在耶利米那个时代，至少有三种宗教性的职分是所有敬神爱人的人都可以选择的，那就是先知、祭司和智慧人。然而耶利米没有接受这些职分，他始终坚持要使自己的生命活得更卓越，能与他名字的意义相称。他的执著与那些专为哗众取宠而圆滑奉承的人大相径庭。耶利米正直不屈，正暴露出他们的肤浅自满。他们被激怒了,便说:“来吧,我们可以设计陷害耶利米,因为我们有祭司讲律法,智慧人设谋略,先知说预言,都不能断绝。来吧!我们可以用舌头击打他,不要理会他的一切话。”(耶 18:18)祭司、智慧人和先知都觉得,耶利米的独树一帜已威胁到他们职业的权益。恐慌之余,他们设下阴谋要破坏耶利米的声誉,因为他们的“律法”、“谋略”和“预言”等等骗人把戏,随时都可能被耶利米的诚实和热诚所揭发。

法国人发现有所谓的职业性的腐化——指一种伴随某人所担任的角色如医生、律师等而来的败坏的倾向。而先知、祭司及智慧人的败坏,则是将上帝当做商品出售,利用上帝的名义来满足个人的私欲。这种情形很普遍,而且通常是在不知不觉中做出的。

> 我所未预见的,
> 是意志一天天地消沉,快乐的流逝………①

一个人的名字并非被派定的角色,乃是引我们进入现实的通行证,也是我们在现实中持续的方向。名字以外的其他事物——头衔、工作种类、号码及角色——都不及名字重要。我们一旦与能道出独特人格的名字分开,便会跌进梦幻中,无法与真实的世界接触,也失去了为人的功能和责任。或者我们落入别人的窠臼中,使我们失去神赋的独特性,所以越活越无聊,越活越无生趣了。

---

① Stephen Spender, “What I expected was,” in *The New Oxford Book of English Verse 1250—1950*, ed. Helen Gardner (New York: Oxford University Press, 1972), p. 930.

“耶利米”是一个与神的名称和作为相连的名字。对耶利米而言,唯一比他自己还重要的就是神自己。他为神的名而战,他探究神的存在,并不断地成长、进步、成熟。他总是不断地前进,找出更多的真理,与神更加亲近,所以他能更发挥自我的特性,成为更有人性的人。

03

在……之前

我未将你造在腹中，我已晓得你；你未出母胎，我已分别你为圣；我已派你作列国的先知。

——《耶利米书》1:5

科学能为人类解答有关意志和爱的问题吗？这股力量显然不是人的努力造成的，它的衰退或泛滥也不是任何人可以防止或控制得了的。当然，我们可以代代追溯，对它有所了解，也可以经由精神及身体的训练和刺激来调整它在我们里面的作用。我，显然不是我自己造成的，而是被造的。圣经上说，人不能使自己多长高一寸，或使自己多有一点爱心，或是借外力来加速心灵的成熟；最后我们发现，奥妙的生命完全不是我们所能掌握的。

——皮埃尔·夏尔丹(Pierre Teilhard de Chardin)①

有一回我在纽约布鲁克林区的一家食品店里吃东西,边吃边和店主闲聊。大约过了一刻钟后,我们的谈话显得有些没趣,于是店主直起身子,显出一副专注的神情,说:“你先不要说,让我猜猜你是哪里人!嗯……内布拉斯加对不对?”“不对,我是蒙大拿人。”他有点失望地说:“我很少会猜得这么离谱!”

我们的话题又开始了。原来这位店主一直以能分辨各地的口音为傲,他的店里常有来自国内外的顾客光顾;他的耳朵很灵,只要听口音,就可猜到对方是哪里人。

能成为他好奇的对象颇令我高兴,因为以前我碰过的店主就只会听我吩咐,最后再结个账了事。但这位店主却比较特别。

语言兼具了报道和实用的功能;一旦达到了本身的目的,语言便可能中止,或是转向另一个话题。然而在布鲁克林那家店短短的时间里,有人不光只是听我说,而且想得到关于我的进一步的情况——我是哪里人,是在怎样的背景下,我成了现在的我。在他看来,我不只是一个来他店里填饱肚子的顾客,还是一个在地理上及语言上具有特殊性的对象。这表示除了生理需求和经济效用之外,我还有其他东西让这位店主对我(至少对我的一部分)感兴趣。

在一个信息为先的时代里,唯一能引人注意的条件,便是迅速

① 皮埃尔·夏尔丹(1881—1955),法国哲学家、神学家、古生物学家。

和标新立异;而商业社会的人往往被当做经济单位来评估。在这种情况下受人瞩目,是我所不习惯的;唯有这位店主对我的好奇,使我能表达出自己的个性以及我到底是谁。和“过去”分开,“现在”的意义就失去了,因为它只能展现一小部分的我;而没有过去丰富的累积,别人是无法了解我的。

因此,写传记的人要查考家族档案;精神科医师要把病人埋藏的记忆挖掘出来,并要询问他童年的印象;恋爱中的男女翻看彼此的相簿,由其中认识有关对方的事,因为他们知道,每一件小事都可以加深彼此的认识,使他们爱得更深。“现在”必须和“过去”衔接,人的生命不可能像时事报道一样要求简明,它具有角色和情节,不容丝毫删减;而每一段落对整体的了解,均是不可少的。

在我们正准备探讨耶利米完美人格形成的种种复杂背景时,却碰到了阻碍;因为接下来就没有关于他的叙述了,只有三项粗略的背景介绍——他父亲的名字:希勒家;职业:祭司;出生地:亚拿突。没有进一步的资料,又怎么去认识耶利米这个人呢?我们必须知道亚拿突的社会和经济状况,才能了解早期影响耶利米渴望公义的原因;知道他父亲的性格,才能判断耶利米复杂的感情生活;知道他母亲养育他的方式,才能了解他何以会有如此坚强的个性。我们还必须知道当时智慧人如何教学,以便区分耶利米所传的道理何者为独创,何者是因袭。问题成堆却没有足够的证明,这可难倒我们了。我们必须找到关于公元前7世纪亚拿突的记载——包括各种轶事、统计和书信——也就是有助于我们认知耶利米出生背景的一切资料。

在我们幻想着能得到考古学新发现的同时,却突然发现手边原有的资料是一份有用的神学探查;它虽未提供有关耶利米父母亲的事,但却告诉我们,他的神所做的事:"我未将你造在腹中,我已晓得你;你未出母胎,我已分别你为圣;我已派你作列国的先知。"(耶 1:5)

第一次的迁徙

耶利米认识神之前,神早已认识他了:"我未将你造在腹中,我已晓得你。"这使我们原先对神的看法整个改观了。我们把神想成一件东西,对他产生好奇;我们阅读有关书籍,参加自由讨论,有空便上教堂,目的就是想多认识他。偶尔我们也沉浸在日落的景致中,或者聆听交响乐,希望能兴起对神的崇敬。

事实上我们与神的关系并非如此。早在我们对神产生疑问前,神已经对我们发出了问题;在我们对神感兴趣以先,他已让我们接受了最严密的知识;在意识到神可能很重要之前,他已经拣选了我们;我们还未在母腹中形成,神早已认识我们了。

有了这了解之后,我们便不再急急忙忙地到处寻找生命的答案,生命不再是一个待解的谜。更恰当地说,我们来到上帝面前,因他认识我们,并向我们显示生命的真理。上帝是一切生命发展的中心;如果我们以自我为中心来为自己的生命画图,那么终必有所偏差。

圣经认为,世界不是人类所造的。成形的生命已供给我们所需要的一切。我们来到一个与其他意志和命运相关的情节中,在此之前他们已经存在了。假如我们想活得恰如其分,就必须注意:我们乃是活在一个由某人开始和结束的故事里,那个人就是神。

我的身份并不是从我开始了解自己才开始的,乃是在我想到自己以前就存在了。这也就是神看我的方式。由此看来,我想到以及感觉到的每件事,其实就是一种回应,而神就是接受回应的人。最先说话的不是我,最先行动的也不是我。

耶利米的生命不是从他开始,耶利米的救赎及真理也不是从他开始;他出生到世上是必然的,而且已经是很久远的历史了。我们又何尝不是呢?

有时,我们和两三好友正谈得起劲,突然闯进一人,也不管我们在聊些什么,就高谈阔论起来,完全破坏了我们谈话的气氛。每当类似情形发生,我总忍不住要说:"能不能先请你闭上尊嘴,等听懂了我们在谈些什么,再加入你的意见!"

神倒是比较有耐心的。他容许我们介入,并退回来把我们安插在这个古老的故事里,并重复有关生命的讯息。在我们踏入世界之前,生命的故事已经开始多时了,这是一场相当精彩的多人对话。假使我们能从容不迫地先认清周遭的情况,去发现哪里适合自己,那就更好了。聪明的人会先设法了解谈话的内容,然后才慢慢地加入,或是回应,或是提问,甚或提出反对的意见,不需多久,我们就可以自在地参与整个谈话,同时被别人所认识,并且更加认识自己。

决定立场

第二项有关于耶利米背景的资料是"你未出母胎,我已分别你为圣"。分别为圣(consecrated)的意思是被分在神这一边。这表示人并非钢琴上的键盘,任由环境弹出热门的曲子;人是为了成就神的计划而被拣选出来的。

神做了哪些事？他施行拯救，赐下祝福；他供给我们一切所需；他施行审判，并医治、光照人类。一场属灵的战争，一场全面性的道德战正在进行。神一直在与邪恶、残酷、忧愁、疾病、迷信、无知、野蛮、痛苦相争，他抵挡死亡、仇恨、失望、地狱，因他本身就是爱、生命、希望和天堂。宇宙间没有中立区，每一寸空间都是相争的。耶利米尚未出生，他的名字就已经被列在神这一边了。

他没有机会考虑决定自己在哪边，或者根本不加入任何一方；他已被选为神这边的战士。我们也一样，没有一人能做旁观者；我们要不就承担起被神分别为圣的生命，要不就背叛他。但绝不能说："且慢，我还没准备好，等我决定了再说！"

长久以来，基督徒以"圣徒"彼此称呼，这并非就他们目前的品性或德性而言，乃是指被拣选出来所要经历的圣洁的生活；这不是用来展示的标志，而是他们属神的记号。圣徒（saint）这个字是成圣（consecrated）这个动词的名词形式；早在耶利米出生之前，神就使他成圣了。

在我上一年级的时候，住在我家附近的小孩年龄都比我大，每当我们玩的游戏需要分国的时候，我总是最后一个被选上。有一次——大概不只一次，但这回我记得最清楚——别的孩子都分别被选在两个队伍里，只剩我夹在中间，于是两队的主将开始争执谁得选我。我突然明白了，原来哪队选我便会失利。他们的争执，使我感觉自己的作用由零降到了负数。

然而和神在一起却不是这样，我不再只是个零或者负数，我的位置是别人无法取代的。在我还不能做什么的时候，神就决定要我有份于他的工作。我生命的地位不再取决于入学考试的成绩，也不再依照我这种人格形态是否被社会肯定来决定。

圣经告诉我们，神以爱吸引世人，我们也都像耶利米一样被神拣选出来。神不是看我们的表现才决定是否要选我们，他早在我们出生之前就已拣选我们，使我们成圣了。

伟大的赠予

神对耶利米所做的第三件事是："我已派你作列国的先知。""派"这个字在字面上的意思是"给予(give)"——我把你给列国作先知。神一点也不吝啬，他总是慷慨地给予。

这就是神一贯的作风。他甚至不惜将自己的儿子耶稣基督给世人。神不是把他儿子放在博物馆里展览，或是当做战利品来炫耀。"神爱世人，甚至将他的独生子赐给他们，叫一切信他的，不至灭亡，反得永生。"(约3:16)

同样，神也将耶利米给了列国。我可以听见耶利米的抗议："等一下，我还有话要说。我有天生的权利；对于未来，我有我的决定！"可想而知神会怎么回答他："很抱歉，但这件事早在你出生之前就决定了。"

有些事可以由我们决定，有些事则不能，就譬如这件事。我们生存的世界是神所造的，也靠神来维持。"给"是宇宙的形态，存在的事物都是给予的。如果我们光取不给，就是违背天意，这就好像企图去挑战严正的法律——结果势必遍体鳞伤。其实，在反对生命是上天所赐以及反对生命本身必须不断给予以尽其天性的人当中，我们确实看到许多扭曲、残缺不全的生命。

每年夏天，我都在蒙大拿湖边住一阵子。沿着湖岸有一块峭壁，壁的表面有裂缝，燕子便在里面筑巢。某年夏天，一连数周我都在观察燕子，看它们快速地掠过水面，捕捉昆虫，然后飞进岩壁中的窝里，喂母燕和小燕。靠近峭壁的某条裂缝附近，有一根大约四英尺长的枯树枝浮在水面上。一天，我很高兴地看见三只燕子并排在上面，它们的父母则在水面做扫荡式的觅食飞行，然后回到那几只张大嘴巴、嗷嗷待哺的小燕子当中。

这样持续了几小时后，老燕觉得小燕已经吃饱了。一只老燕飞到雏燕旁，把它们推至树枝末端。推呀推地，于是站在最外面的一只小燕掉了下去，就在树枝和水面之间，这只刚长羽毛的小燕开始挥动翅膀，一瞬间便飞了起来。第二只小燕也一样。轮到第三只就没那么顺利了，它在最后一刻被迫把爪放松，但才开始往下滑就又抓紧树干。只见老燕毫不怜惜地用嘴啄那抓紧树枝的脚，直到可怜的小燕痛得松开爪子，才本能地鼓起翅膀，一下子就飞了出去。老燕很清楚小燕一定会飞起来，也绝不会有危险，因为如此精密的设计正是为了飞行。

鸟类有脚可以走路，有锐利的爪可以攀紧树枝，但它们特有的姿态却是飞行，也只有在它们飞行的时候，才能展现出最好、最优美的姿态。

“给予”是人类行为的最高表现；早在出生前，这种“给”的行为就已经赋予我们了。神将他自己毫无保留地给了我们，他也要我们这样做。他把我们交给家庭、邻居、朋友，甚至敌人。有些人不顾一切地想依靠自己、为自己而活。由于珍惜宝贵的生活，我们可怜兮兮地抓紧岸边的枯枝，不敢冒险地试试新羽翼。我们不相信自己可以活得更丰盛,因为从来没有试过。其实越早开始越好,因为我们终归要放弃生命的;越是等待,在恩典中翱翔的时日就越短促。

耶利米完全可以窝在他出生的亚拿突,安稳地继承其父亲的祭司职分,且顺应当时的陋习,然而他却没有。由于他相信神已将他给了出去,而他也期望这样的给予——将自己抛入命定的旨意中。

尊严与目标

许多发生在我出生前的重大事件,决定了我后来的经历:生物学的种种因素使我成为一个会行走的两足动物;地理因素提供温和的气候;科学造就出医生,使我生病时不需要去找巫医;政治因素使我成为民主政体下的公民,而不是封建阶级下的农奴。然而最重要的是,就如圣经中所指出的,神在我出生前所做的一切:他认识我,因此我的存在绝非偶然;他拣选我,因此我不再是毫无价值。

这个社会对挽救自尊受损的人不遗余力,透过我们的保证和肯定,让他们知道自己是不错的,好叫他们善待自己。但结果却反而造成了更狭隘的人格——侏儒型的自我。人要如何才能在不自满的情况下自我肯定?如何才能使自己变得重要而不自是,自信而不骄傲,高贵却不荒唐?

耶利米给我们留下了榜样。有谁活得像他一样尊贵、有目标,且又不虚张声势?由于他能深思那令人敬畏的生命"以先",于是他的生活跳出原来的环境,但又不与其违背。任何敏感的人都可以从他说话的语调中听出来，他是从另一个地方而不是从亚拿突来的。

培养这种深刻记忆的认知，并不容易。从同时代的人身上，我们得不到帮助，因为他们顶多在必要时对人性讨论一番，会议结束，一切又恢复沉寂。我们已经惯于以现在的感觉和新的事物来看事情，要人去深思无边际的"生命以先"的确不易。但人如果要活得好，却必须如此，否则生活将软弱无力，仿佛在黑暗中摸索，无视于神对我们的认识、拣选，将我们给予出去的这份荣耀。

04

我太年轻了

我就说："主耶和华啊，我不知怎样说，因为我是年幼的。"耶和华对我说："你不要说'我是年幼的'；因为我差遣你到谁那里去，你都要去；我吩咐你说什么话，你都要说。你不要惧怕他们，因为我与你同在，要拯救你。这是耶和华说的。"……

"看哪，我今日使你成为坚城、铁柱、铜墙，与全地和犹大的君王、首领、祭司，并地上的众民反对。"

——《耶利米书》1:6—7,18

"我又不是为了冒险才被造的！"佛罗多喊着："我若没有看见那指环该多好！为什么事情会发生在我身上？为什么偏偏选上我？"

“这些问题是无法回答的，”甘道夫说，“不过你可以确定，别人没有碰上，并不表示他们有什么长处；总之，也不是因为他们有能力或智慧。既然你被选上了，就必须用上你既有的力量和心智。”

——托尔金(Tolkien)《指环王》

神要耶利米去做他无法做到的事，耶利米自然要拒绝，换成我们也一样不会接受。因为明知办不到的事还答应别人，会弄得下不了台，自讨没趣！

耶利米拒绝神，因他不愿成为先知。有两件相关的事是先知必须确信不疑的：第一，神是有位格的，是活生生的；第二，此时此刻正在进行的每件事都是相当要紧的。先知一方面全心仰望神，一方面又置身于现实社会中；对他们而言，神是那么真实，如同隔墙而居的朋友，而神的计划亦透过他们施行出来。

先知的工作是唤醒人们去过良善、正直的生活。这项使命不单是凭先知的口说出来，更重要的乃是从他们的生活中体现出来。换句话说，先知本身便是他所要传的信息，就是要活出受造物应有的形象，并得到神的救赎——这也是神原本计划要给人的。

根据圣经，如果我们与神无关，我们就不可能成为人。我们若是其他的动物或矿物，可以不认识神；但既为人类，早在我们成形之前就与神建立关系了。好比哲学家惯常说的：“要做个地地道道的人，你必须超越仅仅是人。”

人与神的关系并不是等我们成长到某一个阶段之后才开始，去掉神，人剩下的只是虚有其表的外壳。同样地，若我们与现实脱离，也不可能具有人性，因为在现实中神才与我们相遇。索伦·克尔凯郭尔（Søren Kierkegaard）[①]曾经对世人过分忽视现实生活加以讽刺，他写道：有人拼命追求外在的事物，直到有一天醒来，却发现自己已经死了。

先知的职责是使人认识神，并使人知道神的话和神的作为。先知把我们从懵懂的自满中唤醒，使我们看清自己正过着麻痹的生活，然后硬把我们推上台去演好自己应该扮演的角色。先知向我们发怒，拒绝我们委婉的说词，并扯掉一切的伪装，让我们面对真正的自我。先知也让所有的人和事显为重要——因为神创造了他（它）们，也因为神现在正使用他（它）们。由于先知的提醒，人们便无法再继续过那种散漫、自私的生活。

辩称自己无能

有什么比代表这不可见、但却永远活着的神更重要的工作？又有什么比将人们触目所及的纷杂生活中的永恒意义展现出来更为重要的事？不管答案是什么，耶利米都拒绝了。他认为自己无法胜任，因为在神给他的工作上，他做得并不好，况且他还年轻，也没有够多的时间去认识这个世界。“主耶和华啊，我不知怎样说，因为我是年幼的。”

我们常借口自己不完美，而逃避神召我们去过的那种最好生活。这些借口听起来多乏味啊！我年纪太轻，我只不过是家庭主

---

① 索伦·克尔凯郭尔（1813—1855），丹麦宗教哲学心理学家、诗人，现代主义哲学的创始人，后现代主义先驱。引文出自 Søren Kierkegaard, *The Point of View*（London: Oxford University Press, 1939）, p. 131.

妇,我只是个普通人,我的学历不高,我的时间不多,我受的训练不够,我的信心不足。而圣经上也有前例:“主啊,我素日不是能言的人。”(出 4:10)我们常觉得有求于我们的太多,以致我们无力竞争、不知所措。

如果我们诚实地面对自己,便知道我们始终不够完美。当然,许多时候我们不够诚实,如考试作弊。或者有时蒙骗,有时虚张声势,摆出一副颇有自信的样子唬人。

如果我们没有学会虚张声势,
没有学会做表面功夫,
显出比实际的我们更有信心,
人类哪会进步得这么快!①

生活的确带给我们太多的负荷:要求我们留意神、回应他,又要求我们殷勤地爱周遭的人,还要能怀着虔敬的心去欣赏这个世界,凡此种种实在超过我们的能力。我们既不够聪明,又没有足够的精力,以致无法全神贯注。我们冷淡、乏力、懒散。虽然我们也有满腔的爱心和义无反顾的信心,但仍摆脱不了惰性和贪婪;只要稍不留心,便又拿出能言善道的法宝把别人唬住;使别人还真以为我们不错呢;有时甚至连我们自己都被蒙骗了。耶利米亲身体会到这一点:“人心比万物都诡诈,坏到极处。”(耶 17:9)

---

① W. H. Auden, "Reflections in a Forest," *Homage to Clio* (New York: Random House, 1960), p. 8.

但诚实的结果,却往往暴露我们的不完美。世界是可怕的,如果我们未曾受到丝毫惊吓,那只是因为我们还不认识它。假如我们对自己已经满意了,或许是我们的标准不够高,要不就是忘了现实;因为“落在永生神的手里,真是可怕的”(来10:31)。帕斯卡尔说:“假如你害怕,那就不要怕;但假如你不怕,却要畏惧。”①

我们自以为能办到的事与神召我们去做的事,事实上有很大的差距。我们以为能做或是想做的事,其实都是微不足道的;但神对我们的心意,却是伟大无比的。神召耶利米作先知,和他呼召我们的道理是一样的。我们提的理由似乎很合理,也多半属实;但在神看来却是借口!神说:“你不要说‘我是年幼的’;因为我差遣你到谁那里去,你都要去;我吩咐你说什么话,你都要说。你不要惧怕他们,因为我与你同在,要拯救你。这是耶和华说的。”于是神伸手按耶利米的口,对他说:“我已将当说的话传给你,看哪!我今日立你在列邦列国之上,为要施行拔出、拆毁,毁坏、倾覆,又要建立、栽植。”(耶1:7—10)

这三组相对的动词(拔出、拆毁;毁坏、倾覆;建立、栽植)是有关联的。信心乃是神所预备的。我们处在哪一层次生活,并非靠自己的感觉决定;使我们成就事情的能力,也并非经验所致。并非我们具有这样的能力,神才将我们摆在险峻的考验中;他之所以选择我们,乃是要使我们成就他对我们的计划:“我已将当说的话传给你……我今日立你在列邦之上。”

---

① 帕斯卡尔(1623—1662),法国数学家、物理学家和宗教哲学家。见Blaise Pascal,*Pensées*(New York:The Madern Library,Random House,1941),p. 273.

再往下看18节，耶利米就不再是个微不足道的人了："看哪！我今日使你成为坚城、铁柱、铜墙，与全地和犹大的君王、首领、祭司，并地上的众民反对。他们要攻击你，却不能胜你；因为我与你同在，要拯救你。这是耶和华说的。"（耶1:18—19）我们知道这件事后来果然发生了。耶利米四十年的先知生涯，历经了以色列史上最混乱的时期。他虽然内心曾多次陷在极度的痛苦中，但却丝毫未偏离正路，终于成了百折不挠的人。他受人嘲笑、迫害，却从未离开自己的岗位。纵然无数的压力加在他身上，迫使他改变、妥协、停止甚至躲藏，但他都一一胜过了。他真的成为一道"铜墙"。

耶利米为什么由原来的畏缩、推托，变为接受并成为先知，开始过一种截然不同的生活呢？是因为神给他两个异象，由于这两个异象，使他由软弱、不驯变为坚强、顺服。

一根杏树枝

头一个异象是一根杏树枝："'耶利米，你看见什么？'我说：'我看见一根杏树枝。'耶和华对我说：'你看得不错；因为我留意保守我的话，使得成就。'"（耶1:11—12）

在巴勒斯坦，杏树是初春最早开花的植物之一。当大地尚笼罩在严寒里，树叶尚未萌芽时，杏树上雪白的花就先开了，人们看到这些静静绽放的花朵，不觉一惊：春天来临了！不久，到处就会充满候鸟的歌声，叶子将为树枝结上绿色的彩旗，果实也开始发育。杏花蕴含着喜悦，它不但令人赏心悦目，更花香扑鼻；不仅如此，它还象征着期望和应许。"我留意保守我的话，使得成就。"这句话正如杏花一样，是对将要发生的事给予应许和期望。"这些话都要成就。”

“杏树”和“留意保守”这两个词在希伯来文的发音几乎一样。“你看见什么,耶利米?”“我看见一根杏树枝(*shaqed*)。”“你看得不错,因为我留意保守(*shoqed*)我的话,使得成就。我留意保守我的话,像牧人看守他的羊。你从我这里听到的话没有一句落空,都要成就。”

神在此用了视觉和听觉两种效果:结合异象和听觉使耶利米有了盼望。以后每逢春天,当耶利米看见杏树时(*shaqed*),就会想到 *shoqed*(我“留意保守”我的话,使得成就);一旦有人提到 *shoqed*(留意保守)这个字就会令他想起在 *shaqed*(杏树)的异象中所呈现的那股蓬勃生命力。

无论是先知或普通人,在信心生活的背后,一定有着类似的异象支持他们。当人在信仰上经历较深的考验时,就必须有足以令他信服的东西不断地提醒他。

一个沸腾的锅

第二个异象是一个沸腾的锅:“‘你看见什么?’我说:‘我看见一个烧开的锅,从北而倾。’”(耶 1:13)由于锅是倾斜的,所以里面的沸水便倾向南方,因此亚拿突的村庄及耶路撒冷的市区街道都要遭殃。

这些泼向以色列的沸水,就像是伺机侵略的敌军(耶 1:14—16)。北方列国正准备发动战争,要以罪恶——杀戮和掠夺——淹没这地,犹大的一片乐土也要遭难。敌军将在城门口及城的四周安营。这突如其来的战争乃是神的审判,这沸腾的水将要洗净全地。切斯特顿(G. K. Chesterton)①说:“我相信泡在热水中能使你干净。”因为这地的民离弃神,敬拜别的偶像(耶 1:16),所以这场战争将中止他们的愚蠢、狂乱、堕落以及荒谬的生活,并迫使他们留意到关系永恒的事:如生与死,神与人,信心和忠实,盟约和顺服。

这个异象的主题与杏树的异象相比,虽然是负面的,但所要表达的信息却是正面的:要除去罪恶。

耶利米和当地的百姓都不需要再有异象,来告诉他们北方正潜伏着危机,因为事实就摆在眼前。巴比伦的军队已经发动攻势,然而这个结果却也透露罪恶将不再蔓延;这个沸锅的异象把常以妄想折磨人的罪恶点明、限制了。

在毫无防备之下,罪恶不但渗入我们外在的环境,也渗入我们的内在感情中,使真实的界限模糊不清,一切事物都被阴冷的灰色所吞没。在这种气氛下,我们动辄受到惊吓,变得急躁而焦虑。毫无疑问地,这世界触目皆是罪恶,这怎能使我们放宽心情?又怎能使我们毫无顾忌地去接济陌生人呢?但从这个异象中我们能得到答案:罪恶并没有遍及各处,它有起源,也有终结。紧紧箝住人类的罪恶,并非不能加以遏止;事实上它是被神严厉的审判所控制。在异象中神用沸腾的锅将罪恶集到某一区域,并且借罪恶来完成他美好的计划。审判的奥秘,使罪成为救恩炉中的燃料。

如果我们不了解这个异象所带来的启示,将难以应付生活上碰到的种种情况;如果我们忘记新闻报道并非与圣经相悖,而是圣

① 切斯特顿(1874—1936),英国著名作家、诗人、评论家。

经的注脚,总有一天我们会不敢活下去。我们之中有不少人花许多时间阅读报纸,但很少人能从中看到神的预言异象;相反,我们接受新闻记者的观点,以此来解释政治、经济和道德问题。其实,神的话语早就把世界的意义透露给我们了。

开花的杏树和沸腾的锅,就好比是哈佛和耶鲁两所学校,坚固了耶利米的信心,使他依旧保持稳健和热情,并安然度过人类罪恶的大审判。不论处在荣耀或是被罪恶排斥中,耶利米依旧牢牢抓住事实,他不曾陷入自怜,不曾规避周遭的罪恶,更不会轻看彰显在他四周的荣耀。

不论是先知还是普通人,都要装备自己,不要再自认不配而有所推托;我们必须认清两个主题——神和世界。通常人们对这两者的第一印象并不正确:低估了神,却高估了罪恶。由于看不见神的作为,便要下结论说他什么也没做;而看到罪导致的一切,就认定他控制了每一个人。耶利米所见的两个异象揭穿了这个假象,使我们满怀希望而活、不受罪的恐吓。若我们要按神的形象而活,接受并回应他所做的一切,就必须信靠他的话,并相信我们所未见的事物。倘若我们打算在世上生存,不论时代多么险恶,仍然能欣赏世界独特的美,不被世界所左右,也不迎合它,那么我们一定会面临更多罪的侵扰,但同时我们也会知道罪是有限的,它是受到控制的。

塑造的异象

异象在过去实现了吗?如今呢?异象将人由惶惑不安的少年教育为健壮成熟的成年人,耶利米的一生就是最好的写照。我们可以说，是异象塑造了耶利米，而当时的潮流及他对自我的评价均与此无关。耶利米经常有恐惧，且遭人无情的对待；他时常灰心，几乎到了绝望的地步，但他始终很坚强。虽然他的情绪常打击他，但他的信心却丝毫没有放松。

耶利米有这样的能力，并非由于他敏感的心灵迟钝了。事实上，他一生在感情上经历了各式各样的冲击，他是一个极其敏感的人，即使最轻微的震动也会引起他的反应；但他对周围的攻击、取笑、迫害和反对，却完全无动于衷。

一个人的能力和心灵的敏感度，竟能如此巧妙地结合在一起，实在稀奇。敏感的人往往有点神经质，这使他们难以生存在这么动荡残酷的世界中。比较起来，其他人则像是道貌岸然的道德家、老古板。他们自作主张，不容别人有丝毫的怀疑，但他们的原则却如同铁锤一般把人打伤了。

耶利米的改变并非他本身的功劳。乃是杏树枝的异象，使他对神、对人有更多的回应；而沸锅的异象，使他勇于面对诋毁人性的罪恶及外在强大的恐吓势力，使他犹如“坚城、铁柱、铜墙”一般。所以即使年纪太轻又有何妨呢！

05

不要相信虚谎的话

耶和华的话临到耶利米，说："你当站在耶和华殿的门口，在那里宣传这话说：你们进这些门敬拜耶和华的一切犹太人，当听耶和华的话。万军之耶和华以色列的神如此说，你们改正行动作为，我就使你们在这地方仍然居住。你们不要倚靠虚谎的话……"

——《耶利米书》7:1—4

现今在耶稣的门徒中，有许多人盼望天国，但肯背负十字架的却少之又少。许多人渴望得着安慰，却没有人愿意受苦；许多人赴他的筵席，却没有人同他禁食。人人希望拥有他所赐的喜乐，却没有人愿意为他受苦；许多人跟随他，和他一起擘饼，却无人留下和他共尝苦杯；他所行的神迹令许多人敬畏，但在十字架的屈辱下却没有人跟随他。

——肯培(Thomas à Kempis)①

玛拿西是希伯来人有史以来最糟的一位王，他统治的政府更是腐败不堪。他在耶路撒冷做王的五十五年，是一段充满黑暗和罪恶的时代。

他崇拜异教，导致全国百姓过着性放荡的生活。他在乡间的殿宇中设置了妓女的雕像，还引进巫师术士，使百姓陷入迷信和巫术的控制中。人所能做的，再没有比这更邪恶的了，而他残酷的行径及邪恶的手段，似乎永无休止。在一次巫术的祭典中，他竟将自己的儿子当做祭物活活地烧死。(王下21)

在耶路撒冷，以神圣简朴著称的所罗门圣殿，没有供奉任何雕刻的神像，为了使前来礼拜的人更能以心灵来敬拜不可见的上帝；然而在当时，这里却充满了术士和妓女、各种野兽和怪物形状的偶像，污秽了圣殿。欲望、贪婪成了受人膜拜的神祇，杀戮事件更是层出不穷，玛拿西将百姓带到前所未有的罪恶中。圣经史家毫不避讳地指出："玛拿西引诱他们行恶，比耶和华在以色列人面前所灭的列国更甚。"(王下21:9)

耶利米出生的年代正好是玛拿西统治的最后十年，他就在这样一个最不适合孩子成长的环境下渐渐长大。这真是一个极

---

① 肯培(1380—1471)，中世纪天主教的修道士。引文出自他的著作 *The Imitation of Christ*, translated by Ronald Knox and Michael Oakley (New York: Sheed and Ward, 1959), pp. 76—77.

尽污秽卑陋的社会:“下流人在世人中升高,就有恶人到处游行。”

五十五年来的信仰误导,使原本的信仰几乎被人遗忘了。但一些年长者却仍记得先知的预言,始终持守着纯正的信仰,使神的话依旧在暗中传播。后来玛拿西死了,他的儿子亚们继位,情况并未好转,罪恶仍继续着,而百姓的肚腹已经撑饱了,再也束缚不了。结果亚们被杀,他八岁的儿子约西亚继承王位。

约西亚的改革

从此我们祖先的历史展开了新的一页。神要因这位年幼的国王纯真无邪的心灵,重新将新生命赋予这个地方。

我们真想知道约西亚是如何开始的,因为他并没有可以依循的榜样。这样好的意念似乎从一个难以察觉的地方出现。当我看到一大片铺着黑色柏油的停车场时,不由得想到玛拿西和约西亚。柏油不但难看,而且黑得可怕,而新鲜的绿地则被这层贫瘠、单调的表面轧平了。那些只晓得赚钱的人就利用这粗糙、低下的科技,将细致的生命色彩剔除了。然后没多久,柏油路面出现了裂痕,小草、野花,甚至发芽的小树都从缝中钻了出来,这些来自地下的生命力,就这样冲破了死亡的皮屋。虽然保养工人将这些缝隙补平,但不出几个月,这些看似微弱的生命,却会再次显出它无可抗拒的力量。

谈到这股能扯开人心

又能使道路翻转的力量——

乃是蕴藏在静默的人和草木中……①

玛拿西虽以所多玛和蛾摩拉的沥青覆盖了圣地，但原本的圣洁并未消失，只是看不到罢了；约西亚就是第一个冲破黑色沥青的人。他的上一代由于失去对神的渴慕而沦落了，罪恶的环境既无法铲除，这使约西亚不禁要问：如何建立一种更好的统治呢？如何才能使败坏不堪的耶路撒冷恢复原来的光景呢？他总得有个开始才行啊，于是他从信仰这方面着手。

一个民族的生命与其信仰息息相关。耶路撒冷圣殿的存在，说明了神在百姓生活中的重要性。圣殿是生活的中心，是一切意义和价值的所在。信仰定义了生命；一旦信仰沦丧，生活便跟着沉沦。五十七年来，在圣殿中充斥的欲望和暴力，已经渗透到每个家庭以及每条大街小巷。因此约西亚决定由洁净圣殿做起。

当圣殿正进行修复时，祭司希勒家发现一本古书，便叫人带给约西亚，并在王面前读出来。这本书便是《申命记》。可想而知这卷书对约西亚的冲击有多大！他虽厌恶父亲及祖父的恶行，想下决心改革，但却不知从何开始。父亲及祖父没有留给他任何治国的蓝图和方向，只留下积蓄了五十七年的罪恶。如今，他得到这卷文献是关于如何爱神及敬拜神的，其中不但对是非有明确的定义，而且清楚地指示如何做道德方面的决定，并教导人用心灵来崇拜。对约西亚来说，这些律法在他心中有如暮鼓晨钟。

---

① William Meredith, "Chinese Banyan" quoted in Richard Howard, *Alone with America* (New York: Atheneum, 1969), p. 324.

于是这位年轻的国王，就将从律法书上读到的一切立即付诸行动。既然他明白什么是真实的敬拜，因此凡是虚伪的崇拜，都完全废止；他扫荡过去由政府所资助的不良事项，拆毁圣殿中娈童的屋子，驱逐在圣殿四周做买卖的巫师术士。约西亚又差派特使到全国各地去宣告律法的内容。他拆毁邱坛，并教导百姓信仰真神。这件事很戏剧化，听来着实叫人兴奋。

“从未有过如此势如破竹且又贯彻到底的改革！”

半世纪以来因堕落所造成的混乱，如今已被铲除。多年来龙蛇杂处的圣所，终于洁净了。圣所曾被人利用以满足个人的欲望，或任意杀戮，或随一时的兴致造出各种偶像和崇拜的仪式。在玛拿西统治时代，宗教的核心就是威廉·詹姆士（William James）所称的“卑微痉挛的自我”。宗教成了助纣为虐的超自然能力，譬如：赚钱，保证丰收，让人感觉不错，杀害自己恨恶的人，不遗余力地压迫自己的邻居等。如今在约西亚的统治下，宗教是以独一神为中心，且回复到它该有的样式——成为探索生命意义、伸张社会正义、指引人走向完美途径，使人获得过正直生活的原则，了解神的爱，以及回应神的爱的方式。

一个接近舞台的位置

耶利米是这项改革的目击者，但他并非只在一旁看热闹。相反，他也投身其中，并以传道来支持这次改革。以下是一些关于他讲章的片段。

“你的淫行邪恶玷污了全地。”（耶3:2）这些百姓离弃了爱他们的神，任意敬拜别的偶像。道德的玷污一如环境的污染，在放荡的生活下，许多不良产物无形中侵蚀着人的思想、言语，也污染了整个社会。

耶利米劝他们："要开垦你们的荒地。"（耶 4:3）迷信和偶像崇拜使人心刚硬，无法感受神的怜悯和救恩。开垦意味着悔改，就是预备我们的心，好接受神给我们的一切。

耶利米的言辞严厉且苛刻："你虽穿上朱红衣服……用颜料修饰眼目，这样标致，是枉然的。"（耶 4:30）你以为化了妆就能改变命运吗？需要改变的乃是你自己啊！

透过这些信息，耶利米也把希望带给他们："你们当站在路上察看，访问古道，哪是善道，便行在其间；这样，你们心里必得安息。"（耶 6:16）在过去也有可依循的道路和清楚的指示，引人向善、引人归向神；《申命记》正把这些道路指明出来。如果我们忽略他们，就难免会在遭遇挫折的时候跌倒。耶利米不厌其烦地强调这个浅显的真理：神就在我们中间，我们可以而且必须活在他的爱中。

肤浅的改革

改革完成了，王所命令的每件事也都做了：重大的罪行已经停止，迷信的宗教被查封，有损道德的崇拜也被禁止了。然而除掉罪恶并未使人变好。没多久，耶利米就发现这项改革原来只是表面的。

乍看之下，每件事都有改变，实质上却全然不是那么一回事。

于是耶利米站在耶路撒冷的殿门，开始传讲奇特的信息。既然圣殿是此次全面改革的中心，我们原预期会听到一番贺词：赞美他们洁净了这地方，赶走了巫师，禁止娈童妓女的崇拜，重治街道治安等；然而人们所听到的却不是这些。虽然每个人都到神的殿里献祭，一如当时最畅销的《申命记》所指示的作法。虽然敬拜上帝成了普遍而狂热的活动，群众陶醉其中，说着："这是耶和华的殿，耶和华的殿，耶和华的殿。"

但且听听耶利米的说法："不要倚靠虚谎的话：'这些是耶和华的殿，是耶和华的殿，是耶和华的殿！'"百姓站在这个神圣的地方，说着宗教上流行的口头禅，以为一切都很好。虽然他们站在合适的地点，说着合宜的话，但他们的内在却并非如此。改革是必要的，但仍不够，因为宗教并不在乎表面的铺陈、地点或话语，而是在乎生命和爱、怜悯和顺服以及人的信心。

正当耶利米满怀信心地来到圣殿，希望看到百姓用爱心活出真正的信仰生活，追求公义与和平时，结果却令他大失所望。当他发现百姓竟愚昧自满，并重复说着"耶和华的殿，耶和华的殿，耶和华的殿"这句改革的口号时，他不禁勃然大怒。

无可否认，地点和言语都有相当大的重要性。一项新的活动要展开时，总要有一个地点将大家集合起来。然而在教堂里唱赞美诗并不能使人圣洁，正如人在畜棚里学马叫也不能变成马一样。讲话的内容和方式虽然能表达说话者内心深处的感受，然而心不在焉地重复圣洁的话语，却不能使我们与神建立关系，好比一天说上二十次"我爱你"，也不能使我们更懂得如何去爱一样。

这种情形只有在改革成功时才可能发生。虽然现在的圣殿显然是耶和华的殿，而不是异教的神祇的，百姓来到此地并不是来算命、买护身符或是拜访娈童妓女，而是照摩西的命令来敬拜神，虽然他们所站的地点、所说的话，都是对的，然而耶利米却说他们的外表和言语都是谎言。

重生！重生！重生！

耶利米所说的这段话，对我们实在很重要，尤其在事事都进行得很顺利、教会被人称赞、人数不断增加时。我们常因外表看起来好、各项统计数字也很可观，就以为万事亨通。然而就在许多人都说“我重生了，我重生了，我重生了”的时候，教会才面对最大的危机。

其实，耶利米和常人一样也关心地点和话语，毕竟，他也曾为这项改革奋战过。然而合宜的地点和话语，并不是信心生活，只是达到信心生活的机会而已。它们很容易被人拿来当做冠冕堂皇的挡箭牌；而耶利米指责百姓的就是这点，因为他们把神的殿当成了贼窝。

贼窝是盗贼在抢劫后的藏身所。以下就是耶利米的指控："你们找到了一个安全的地方，不就是这美好、洁净的殿吗？你们一周当中都在外面为所欲为，利用别人、剥削弱者、咒诅那些不顺从你们计划的人；到了安息日，你们却又来到这个次序井然，安全而又公义的地方。"六百五十年后，耶稣在他那篇"洁净圣殿"的教训中，就采用了耶利米的这段话(可 11:15—19)，而保罗对提摩太也提出类似的警告，要他提防那些"有敬虔的外貌，却背了敬虔的实意"的人(提后 3:5)。

耶利米明确地指责说："你们偷盗、杀害、奸淫、起假誓、向巴力烧香，并随从素不认识的别神；且来到这称为我名下的殿，在我面前敬拜，又说：‘我们可以自由了！’你们这样的举动是要行那些可憎的事吗？”（耶7:9—10）虽然他们的宗教表现无懈可击，然而日常生活却极其败坏。

外表的改变比内心的改变，容易太多了。到一间好的教会讲合宜的话，比你在一群朝夕相处的人当中活出公义和爱的生活容易得太多了。每星期上一次教堂、由衷地说句阿们，和每日读经祷告，关怀贫穷、不平、饥饿和战争的信仰生活比起来，着实太容易了。

徒有其表的形象

这些人难道是有意蒙蔽人的眼目，骗取神的祝福？有的人的确如此，但大多数人却不是；他们只不过是长久以来太注重外表，以致如今无法体会内在真正的感受罢了。我想他们一定被这次改革的成果吸引住了，以为这样是最好不过了。我们的社会也是重形象不重实质，新的开始总是比持久的工作更吸引人。不错，形象很重要，起步也很重要，然而形象若没有实质的内容，开始之后若不能持续下去，都只是一派谎言。

耶利米想让百姓发觉这个视而不见的事实，于是叫他们往示罗去：“你们且往示罗去，就是我先前立为我名的居所，察看我因这百姓以色列的罪恶，向那地所行的如何。”（耶7:12）

在希伯来的历史中，示罗是最有名的圣地之一。由于位于全国中央，因此从一开始示罗就是以色列民族崇拜和诉讼的地方。以色列人出埃及、在旷野漂流了四十年，后来约书亚带领他们进入迦南，就是在示罗聚集他们，搭起圣幕，并分配土地给十二个支派。

约柜被安置在示罗，先知撒母耳也在此地行使劝谏的职责。可见示罗是一个重要的起点，具有荣耀的形象。但如今，从加利利上耶路撒冷，途中所见的示罗，却只是荒烟漫草中的一堆石头。示罗实在是个好地方，然而一旦它不再与神同行，一旦那些好话不再能表达信心和爱心时，示罗就被毁灭了。

如果这样的事会发生在示罗，显然也可能发生在耶路撒冷以及任何敬拜神的地方。站在一个好地方、说合宜的话仍是不够的，除非我们时刻与神同行，在言行中表露出爱和信实，否则都是徒然的。

一生的事业

我常对那些为婚事来找我的人说："结婚容易，婚姻难呀！"这些新人所想的是如何计划婚礼，我所想的则是整个婚姻的计划；他们想知道伴娘要站在哪里，我则想让他们更明白饶恕的意义；他们想讨论婚礼的音乐，我则想和他们谈婚姻的感情。我可以闭着眼睛在二十分钟内主持完一场婚礼，然而婚姻却需要经年累月地警醒，睁大眼睛全神贯注。

无可否认，婚礼是很重要的。它会给人一种甜美的感受，触动人的心弦，令人难以忘怀；甚至有时，它也是挺昂贵的。所以在这么美好的时辰，这么美好的场合，我们总会特意说些合宜的话。而参加婚礼的人，在装束上都很正式，结婚礼堂的布置——即使是一朵花、一枝蜡烛，也都是经过精心设计和安排的，以期使人终生难忘。虽然如此，举行一场婚礼仍是相对容易的。

婚姻却是既复杂又困难的一件事。在婚礼上立下的誓言和承诺,都要在未来的婚姻生活中实践,而在婚礼上向对方表达的忠贞之爱,也要在婚姻生活中继续增长。没有婚姻生活,婚礼便失去意义。如果一对男女穿着结婚礼服行完婚礼,以后每逢结婚周年就再举行一次仪式,并说:“我结婚了!我结婚了!我结婚了!”然而在日常生活中却没有爱的分享,没有持续的关怀,专注的倾诉,没有更深挚的祝福,这样的婚姻有何意义呢!

约西亚的改革有如一场婚礼,但耶利米所关心的却是婚姻。能够排除玛拿西时代的罪恶,让百姓进到神的约中,这项成就实在很大;但要把握神的爱,行走神的道路,却是一生的事业。然而我们看见百姓庆贺约西亚的改革,却不在意耶利米的宣告。耶利米便是在这样污浊的宗教环境下,秉持着信心、毫不动摇,终其一生传达神的信息。

06

到窑匠家去

耶和华的话临到耶利米说:“你起来,下到窑匠的家里去,我在那里要使你听我的话。”我就下到窑匠的家里去,正遇他转轮作器皿。窑匠用泥作的器皿,在他手中作坏了,他又用这泥另作别的器皿。窑匠看怎样好,就怎样作。

——《耶利米书》18:1—4

我相信“推论”是人心智最丰富的活动,它使心智对已了解的事物能更深刻地探究。总之,在一个没有固定格式,其启示尚无法令人完全了解的社会里,我相信“推论”仍然是观察心智活动的一种较合宜的方式。借着推论,才能使猎鹰再度听到放鹰者的信号,使事情再度井然有序,而能掌握住中心。

——布莱克默(R. P. Blackmur)

威利·欧撒是位艺术家，为了养活妻儿，他白天作画，夜晚则在纽约西区的一所教会担任守卫。威利是德国人，生在大战期间。后来他娶了一位美国小姐，她是占领军一位军官的女儿。认识威利时，我还是个神学生，正在那所教会担任助理牧师。

威利喜欢谈宗教，我喜欢谈艺术，就这样我们成了朋友。我们相处得不错，一聊就是好久。有一次，他决定为我画张像，于是每星期有几个下午，我在去教会工作前，顺道上他家坐上半个小时，让他帮我画像。就这样持续画了几周，他都没让我过目。有一天，他的妻子突然进来，看到这张几近完成的肖像时，竟生气地嚷道："*Krank*①，*krank*！"我虽然不太懂德文，却仍知道她说的是："你疯了啊！怎么把他画得像个死人！"

他回答："他没病，不过当他丧失了同情心和怜悯时，就会是这副德性了。"

虽然我当时未曾看到我的画像，但凭这几句似懂非懂的话，我已可猜出一二了。我们俩经常辩论信仰到深夜。他对教会深恶痛绝，认为所有的基督徒都是伪君子，但看在朋友的份儿上，视我为例外。他所知道的基督徒都与纳粹同伙，且脱不了焚烧六百万犹太人的责任，是纳粹把他所深爱的德国变成了异教徒战争的所在地。在威利的脑海中，基督徒这个名词和纳粹党州立教会的基督徒是没什么两样——他们都受洗礼领圣餐，弹奏莫扎特的音乐，然而他们却把国家带向前所未见的残酷中。

他认为，教会榨取人的精神和道德，要求人一致服从各项戒

① 德语，指生病的、病态的、脸色不好的。——编注

律，抹煞了人的自我和亲族关系；而我也针对他所说的加以反驳。威利的英文表达还不十分流畅，只要一兴奋，便会冒出德文。“但是教会里没有慈悲，没有怜悯。”他叫我千万别做牧师，否则不出二十年，我就会成为一个目光空洞，只适合坐在桌前处理事务的职员。

那就是他日复一日瞒着我所画的像，等于是预先的警告，因为那幅画像并非我当时的样子，而是他确信我若一直坚持基督教，最后会变成的结果。

后来威利把画送给我，我把它收在一个橱子里，经常拿出来端详。画像上的我眼神呆滞、脸色憔悴、一副病态。我绝不相信他的画有一天会成真，然而我知道有这种可能，而且早在认识威利之前，我就从圣经和周遭的环境看到了这个现象；而威利以艺术的想象力创造出来的那幅画，却远比任何字句的警告来得生动。这位艺术家把尚未发生的事呈现在眼前，他具有一双能透视未来的眼睛，又能将一般人所见的残缺事物整合起来。因此，我常仔细端详这幅画像，然后对着镜子做一番比较。

想象大师

艺术家的想象力，在人类历史中是颇具影响力的。而耶利米也具有这种禀赋。他的想象力发挥在做先知的职分上，使我们领受到神的存在以及生活的本质。他让我们透过周遭的事物看到神的作为，并迫使我们查验自己的生活。

向来对神的引导十分留意的耶利米，如今又得到神的命令：“你起来，下到窑匠的家里去，我在那里要使你听我的话。”神透过耶利米要做的工是:怎样使这些百姓顺从我?怎样使他们看见我在他们的生活中工作——虽是静默看不见的,却是实在而永恒的。怎样使他们看见现在做的与十年、二十年后的关系?怎样让他们洞悉我过去在亚伯拉罕、摩西、大卫身上所看到的,如今能延续到他们身上?又怎样使他们在此时此地撇下老旧的自我,而进入我荣耀的旨意中?于是神说:"下到窑匠的家里去。"

伟大的想象家不会去建造空中楼阁,而是将注意力转到眼前的事物上,然后以各种相关物以及前后关系,让我们窥见事情的整体。他们将可见与不可见的事物连接起来,并协助我们看到早就存在却完全被我们忽略的事物。透过他们的帮助,我们所看到的事物,不再平淡无奇,而是令人惊讶、令人敬畏。正因为这缘故,想象力可说是信心生活的要件,因为信心不是跳出日常生活之外,而是投入其中。

"到窑匠的家里去",到做鞋子的店里去,到卖肉的摊子去,到杂货店去,到任何一个每日必经的地方去。若生在今天的社会,神也可能差他的先知到加油站去。在7世纪的以色列社会中,少不了卖陶器的人。陶匠是一种技工,他们的家和他们的工作是人人熟知的,而他们所制造的东西则是日常生活的必需品。

"我就下到窑匠的家里去,正遇他转轮作器皿。"于是耶利米就仔细看窑匠工作,见他正转动轮子,同时用手熟练地在那堆未成形的泥土上这边轻按一下,那边重压一点,于是一个器皿便从这堆泥土里出来了。

你知道陶器的发明有多重要吗?它开始了一项革命。在此之前,人类过着游牧生活,跟着牲畜,从一个食物供给区到另一个食物供给区；遇到干旱或饥荒时，他们又得被迫迁往他处，根本没有时间发展其他的事或从别处得到娱乐。这种生活仅够糊口，顶多也只能维持一日所需。然而陶器发明之后，食物便可以携带和贮藏了。于是人们便能在一地停留一段时间，因为他们可以把谷物贮存起来，作为明年冬天的粮食；也可以将水装在器皿中携带。食物的烹调和物品的运输，便应运而生。陶器的发明是一项革命，也就是我们所称的“新石器时代”的文明。

想想看，假如没有容器来贮存东西，没有瓶子、锅子、碗盘、水桶、罐子、硬纸盒、纸袋、米筒、油箱，生活会有怎样的改变啊！我们的生活将局限在处理每天的日常事务上，因为我们双手一次可取的数量实在有限啊！陶器的发明使人类社会得以发展，人也不需再逐水草而居了。

陶器的发明，以实用而言，的确是很大的突破；然而它还具有另一项重要的特性，就是它所蕴含的艺术价值。陶匠能随自己的意思，依照不同的比例和做法，塑造出各种弧度优美、形状各异的器皿。没有一件陶制品是单单实用而不具美感的。它们被塑成形后，还要经过设计、着色、上釉和烧烤。陶制的成品是最实用的生活必需品之一，也是最美的物件之一。

在耶利米的时代，没有人会单纯为了观赏或点缀，而把陶罐放在架子上；也没有人会只为了它的实用性而做它——毕竟它是经由艺术家的手做成的。

对我们而言，要领悟实用兼美观的重要性，并不太容易，因为我们活在完全不同的世界里，人们普遍将实用与美观划分开来。装东西的棕色纸袋，没有人还特意去设计它的形状和颜色，毕竟我们需要的，只是图个方便把东西带回家而已，然后再去买几幅画来美化墙壁。为了工作，我们建造呆板的办公大楼和不雅观的工厂，而后又建博物馆来收藏美好的物品。然而历史上曾经有一段时期，是将实用性与审美相结合的，根本没想到要将两者分开。就耶利米而言，正是如此：没有只具实用价值的棕色纸袋，也没有专门存放珍品的博物馆；有的只是各种陶器，既实用又美观。就功能来说，是必需的；就艺术来说，则是雅致的；两者融于一身。

当耶利米站在窑匠跟前时，他的想象力便活跃起来。以前他也曾看过窑匠工作，但今天，他却看到另一些东西——他看见神为了他的荣耀而造人；人是属神的，是按着神的形象造的，不仅有用，而且美观；且每个人也都具有自己的独特性。这一切，耶利米在窑匠的家里都看见了：一块沉重的泥土，为着一个目的被造，成形之后，经过上色、上釉和烧烤，它独特的风貌和用途便呈现出来了。神为着永恒的目的塑造我们，而我们这尘土所造之躯，竟有着神的形象。

做坏了的器皿

“窑匠用泥做的器皿在他手中作坏了。”

耶利米很清楚，这些做坏了的器皿，就是指有罪的人抗拒创造者的塑造。他每天都接触这样失去用途的人：由于本身的不完全，使得生活产生漏洞，不能盛水也不能盛酒；由于错误的比例，致使生活失去平衡。耶利米把这些情形称为罪、背叛、任性、失丧，这是他从未有过的鲜明异象。

耶利米继续观察窑匠的动作，看他是否会生气地把轮子踢开，把泥扔到一边,然后再买块泥?不!“他又用这泥另作别的器皿,窑匠看怎样好,就怎样作。”神再度开始他创造的工作,他是如此有耐心、有技术;他从不放弃,也从不把做坏的器皿扔掉。在不同的异象中,乔治·赫伯道出了同样的事实:“暴风雨是他的杰作。”①

希望与警告

“以色列家啊,泥在窑匠的手中怎样,你们在我手中也怎样。”(耶 18:6)这句话同时包含了希望和警告。上帝又从两个方面引申:“我所说的那一邦若是转意离开他们的恶,我就必后悔,不将我想要施行的灾祸降与他们。”(耶 18:8)“他们若行我眼中看为恶的事,不听从我的话,我就必后悔,不将我所说的福气赐给他们。”(耶 18:10)好命或歹命都不是天生注定的。“泥土能阻挠窑匠的意愿,使他重新再做:泥土的品质决定了窑匠能拿它来做什么;同样,一个民族的品质也决定神可以怎样用她。”②

然而这些百姓却不接受神的塑造,他们说:“这是枉然!我们要照自己的计谋去行,各人随自己顽梗的恶心作事。”(耶 18:12)难道他们宁愿被生活困住,只尽量利用现有的一切,完全抱持悲观的态度生活?耶利米可不会同意这种宿命论。他不停地传道,继续勇往直前。他拜访窑匠的家传讲制陶的信息,为的是要百姓回应这位慈爱的神,因为他要使人的生命尽善尽美;因他爱人的缘

① George Herbert, "The Bag," *The Temple* (New York: Paulist Press, 1981), p. 276.
② John Bright, *Jeremiah* (Garden City, N.Y.: Doubleday, 1965). p. 125.

故，即使审判都是出于他的怜悯。

由于百姓的顽固不信，他们将遭遇想象不到的灾祸，耶路撒冷要被毁，犹太人将被放逐到巴比伦，但神却不弃绝他们。

神是陶匠

这是耶利米最有力的讲道之一。这个异象确实引起各地信仰上帝之人的注意。它所以会产生这样的效果，大半是因为耶利米在传讲之前已经历了此事。不论是预言的想象或艺术的想象，若非源自内在的生命，就不可能带着能力。前面提到的这个异象，在耶利米心中已经激荡了许久，他从神那儿听到的第一句话便是："我未将你造在腹中，我已晓得你。"（耶 1:5）"造"这个动词就是 *yatzar*。正当耶利米准备用一个异象让百姓了解他们与神的关系时，他来到窑匠的家里。他用最初帮助自己了解生命的字 *yatzar*，来帮助百姓了解他们个人的生命：神塑造了耶利米，他也在塑造这些百姓；神是陶匠，是 *yatzar* 他们的。

真理在被证实之前，必须得到人的验证。神造人的这项事实，最初只是耶利米个人的经验，是他从生活的每个细节中体验到的。早在耶利米出生之前，就已经被摆在窑匠制陶的轮子上了。对他而言，没有任何字比"被神塑造"来得更有意义，他体验到自己的生命是神的一项创作。他并非由细胞随意组合而成，乃是被那双慈爱、巧妙的手所造。他也不是某种具有潜能的物质，只等待幸运时刻的到来，才能为自己的生命增添些许光彩；其实神已经为他成就了事情。

信心生活是非常实际的，做基督徒也离不开空间、时间和各类的事情。它意味着自我被抛在窑匠的轮子上，被塑造成有用而美观的器皿；一旦成品无用或不好看，就被重新塑造了。这个过程虽很痛苦，却十分值得。

威利·欧撒所画的画像显示，一旦我离弃对上帝的信仰，就会变成那个样子；耶利米的异象则表明：当我的生命臣服于创造之神时，会是什么样子。我们的生命将影响世界，如同带动人类文明的陶器——就是耶利米所说的“神的子民”，耶稣所说的“上帝的国”，奥古斯丁（Augustinus）①所说的“上帝的城”。世界不再是个人单顾自己的事，不管别人如何。我们是容器，以海德格尔（Heiddeger）②的话来说，就是各个“存在的领域”，不但承受了救恩、怜悯和爱，又能与他人分享。创造物的形态和救恩的形式，神造物的手以及我生命的样式，每样事情都互相关联，并且有了意义。

---

① 奥古斯丁（354—430），又被称为圣奥古斯丁，是著名的神学家、哲学家。他的著作《忏悔录》被称为西方历史上第一部自传。

② 海德格尔（1889—1976），德国哲学家，在现象学、存在主义、解构主义、诠释学、后现代主义、心理学及神学上有着举足轻重的影响。

07

巴施户珥打耶利米

祭司音麦的儿子巴施户珥，作耶和华殿的总管，听见耶利米预言这些事，他就打先知耶利米，用耶和华殿里便雅悯高门内的枷，将他枷在那里。次日巴施户珥将耶利米开枷释放。于是耶利米对他说："耶和华不是叫你的名为巴施户珥，乃是叫你玛歌珥米撒华（就是四面惊吓的意思）。"

——《耶利米书》20:1—3

当我回顾生命中的种种经历时，发现越是在不安、痛苦的时期，所得到的收获也越多；这完全出乎了我的意料。老实说，在处世的七十五年中，每一件有助于提升我的生活或能启发我的事，都是经由痛苦得到的，而不是透过寻求快乐或是寻得快乐得到的。换句话说，如果人生的痛苦能借着药物或医学上的怪论除去，其结果并不会使人生活快乐，反而会平凡琐碎而令人无法忍受。这就是十字架所象征的意义，也正是它比别的事物更能吸引我来到基督面前的原因。

——蒙格瑞奇(Malcolm Muggeridge)①

我封牧后的头一件差事，就几乎把我整垮。当时我被派到郊区一个大而富裕的教会担任助理牧师，老实说，我蛮高兴能成为这个吸引人的团体中的一员。刚任职不久，便有几位会友来找我，要求我带领他们查经。"没问题，"我说，"我很乐意！"于是，我们便约在每周一晚上聚会。虽然人数不多，男女加起来不超过十个人，但这比耶稣所说的"凡二三个人奉他的名聚会就有他同在"的人数还多几倍呢！这些参加者都很渴慕，而我也满怀热心。数周后，主任牧师也就是我的顶头上司，问我在周一晚上做什么事，我告诉了他。他又问我有多少人参加，等我把人数告诉他之后，他竟要我停掉这个查经班。

"为什么?"我问。

"划不来！才几个人，不值得你花这些时间。"

接着，他教我该如何运用时间，向我介绍成功教会的管理原则：要看重群体，不必在意个人；正面的要加以强调，负面的则予以压制。不要对会众寄望过高，你的责任只要使他们觉得自己和教会都还不错就行了；也不要提到太多抽象的名词，像神、罪等，只要

① 蒙格瑞奇(1903—1990)，英国作家、记者，讽刺诗人。引文见于 Malcolm Muggeridge, *A Twentieth Century Testimony* (Nashville: Thomas Nelson, 1978), p. 72.

提到实用的话题就好。我们曾办过一次花费很大、别开生面的音乐会,但讲道只有七分钟;这正是泰勒神父(波士顿的水手牧师,在梅尔维尔的《白鲸记》中,是梅波神父所崇拜的典范)在前一世纪超越论者中所抱怨的:听见真理而归向神的人,不会比沉醉在脱脂牛奶里的人要多。①

没过多久我就看出自己并不适合在那里工作。我曾假想自己是那所教会的牧师,我要努力做的是:宣扬上帝的话、解释圣经、教导人过祷告的生活、激励人的信心;在必要时,我要表现基督的怜悯和宽恕;训练会友在他们各人的家庭、社区及工作岗位上,都能像基督的门徒一样忠诚。然而事实上,我只是应聘去协助经营一所教会,我必须尽量做得有效率:我是这个庞大组织的啦啦队队长,我要去招募更多的成员;在一些正式场合上,要借重我职务上的尊贵身份;我还负有提高这所有名教会形象的使命。

不一致的期望

有些人参与宗教活动,是希望找到一条改善生活的途径,使他们觉得自己不错,对事情也能有比较好的见解。他们安排一套礼拜仪式,又请来牧师,以便实现以上的愿望。另有一些人是希望得到神的拯救和管理,他们承认一项事实:就是一旦离开自我中心的生活方式,投入一种以上帝为中心的、无法确定和掌握的生活中,

---

① 赫尔曼·梅尔维尔(Herman Melville,1819—1891),美国小说家、散文家和诗人。《白鲸记》是他根据自身的海上经历而写成的寓言性小说,被认为是美国最伟大的小说之一。梅波神父是小说中的人物,据说是以当时名闻遐迩的传教士泰勒神父为原型的。——编注

就会遭遇试探、痛苦和牺牲。有的人视宗教为达到成功和幸福的途径，凡有碍于此的皆不予宽容。有的人则认为，宗教能使受伤的、有缺陷的人，借着与神结合而完全，为了加深并推广这个事实，任何情况(包括嘲笑、痛苦、拒绝、自我否定)都应该忍受。

以上所说的两种看法，一种是达到自己的目的，另一种则是立意要成为神所喜悦的样式。这两种对立的期望不论在何处总是十分明显。对耶利米而言，这项冲突在他的经验里也很显著。

受欢迎的传道人

耶利米一生中经历了一次重大的宗教复兴。由约西亚王推行的改革使国家得以洁净，真理得到再度传播，对神的崇拜也普遍兴起。耶利米是致力于这次改革的传道人之一，他欣见百姓群集圣殿，而神的话再度传开，也着实该令他欣慰。

这些年来，耶路撒冷最受欢迎的传道人大概要算巴施户珥了，他是耶路撒冷圣殿的总管，相当有名望，大家也都觉得由他担任这个职位是再好不过了。他的热心令人感动，当他伸开双臂祝福时，每个人都能深刻感受到自己就是受祝福的一员。人们喜欢听他说话，因他处处表现出积极、肯定和信心。他能从各样事情中撷取精华，也知道如何以圣经上的话激励人，使阴霾一扫而空。

对一般人而言，生活是不容易的，即使详加计划也难免会出差错。我们努力想出头，但常受到各种事情的干扰而变得垂头丧气。处在这种情况下，有些人却还能把事情处理得很好；他们的声调能除去阴霾，又能将欢笑传给周围的人；他们说，一切不成问题，我们也就信了这些话。

如果说当时有一个地方，人们一旦去到那里，便可以得到以上这些帮助，或是有某个人能为众人化解以上的问题，则这个地方就是圣殿，而这个人便是巴施户珥了。巴施户珥看事情总是很积极，解释当前的情况也总能把其中的不安和恐惧降低，真可谓国家的瑰宝。他拥有一批仿效者，就是擅长说安慰的话并使全国上下精神为之松弛的先知、传道人及教师。弗兰尼瑞·欧康诺（Flannery O'connor）提到他的一个子孙，说道："他实在是集牧师和按摩师于一身。"这样的人最喜欢说平安的消息："事情总是会好转的；神要在我们身上实现他的目的；我们是他的子民，透过我们，全人类都要得到上帝的祝福。"他们歌颂光辉的过去——解放者摩西，征服者约书亚，以色列最甜美的诗人大卫，以智慧、财富闻名的所罗门王。他们承袭了这个血统，便深信自己是蒙上天特别拣选的族类。

但事实上仍存在着某些问题，例如：无以计数的犯罪，不公平的报道，贫富间的鸿沟等。虽然表面上的宗教生活已经洁净了，但偏远地方（"高冈上、青翠树旁……田野的山"——耶17:2—3）却仍在祭祀旧有的神祇。若说这次改革有什么成果，恐怕只是把罪恶的行为逐出视线之外，并使前往圣殿礼拜变为更普遍的现象罢了。

但这并未遏止巴施户珥乐观的想法。百姓喜欢他，他们挤在圣殿里，想从他洪亮的声音、迷人的笑脸中，再次得到肯定和鼓舞："神爱你们……平安、平安。"

平安，平安，其实没有平安！

当时，在耶路撒冷只有一个人未被巴施户珥的话所打动，甚至无法忍受他。这个人就是耶利米。他愤怒地喊道:“从先知到祭司,都行事虚谎,他们轻轻忽忽地医治我百姓的损伤,说:‘平安了! 平安了!’其实没有平安。”(耶8:10—11)

先知的职责绝不是将错误的事情加以掩饰,而是要把它们纠正过来;宗教不是要使人自以为义,而是要使人变得更好。不错,神爱我们,他的爱是热烈的,但他也期望我们以忠诚、专注的爱为回报。神要的不是供他爱抚、喂养的温驯宠物,他要的是具有真实个性、成熟而不受强制的人。凡此种种,所不可或缺的要素就是诚与真,并要把自我根除掉。此外,纯洁的心、清晰的智慧、承认过犯以及对信仰专注,也都是必须具备的。

至于平安呢?不错,神赐人平安,但这平安绝不是我们故意避开不愉快的事,或避而不谈痛苦的经历就可以得到的;它乃是不断地经由祷告的操练才能得到。我们需要与罪恶奋战,与冷漠奋战,与无知对抗,与野心对抗。我们周围有许多人,包括孩童和为人父母者、少年和成人,正遭受他人的践踏、蹂躏、伤害和鄙视。凡是有关平安的信息,若不正视这些情况,充其量也只不过是一出残酷的闹剧罢了。

事情做得成功,得到别人的赞赏并没有错;拥有大批听众的传道人,不一定就是肤浅的;当一所教会挤满了聚会的人,也不能说它一定是虚有其表。反之,一个遭受迫害而逃出城的人,他所说的话未必真实,他也有可能是个阴险的骗子。贫穷并不代表真实,可能只是由于能力不足。真正错误的是,以受欢迎的程度作为评定言语和行为价值的标准;真正可耻的是,以大众的喜好来决定取舍;真正的不幸,是以外在的名声来断定真假。

在不同的时期，真理会广为人信服，也可能遭人摒弃。耶稣讲的同一篇信息，一次有五千人聚集聆听，另一次却只有四个妇女和两个无聊的士兵听。我们必须学习靠真理而活，而不凭自己的感觉，不凭世界的价值观，不凭普遍的道德观，或是广告界所宣传的那种最令人满意的生活形态而活。圣经上说，过分采信所谓的专家学者、民意测验的人、政客甚至牧师的话，都是不对的。凡与神在基督里给我们的教导相左的事，都必须加以查验，并在查考怎样才是合神旨意之生活的同时，去发现其中全部的意义和价值。

专横的自我

耶利米的职责，就是成为真理的出口，向谎言挑战。为什么我们那么容易相信谎话，却难以接受真理？因为我们找寻的是廉价品，我们希望走的是捷径。其实，真正可以走的只有一条路，而且绝不是捷径。若要成为完全人，势必得与神同工。我们必须从专横的自我中被解救，因为它降低了我们的人格；又必须抛弃自我中心的生活，并宣扬以神为中心的真理。

耶利米希望他的百姓学习真实地敬拜神，而不是装模作样地在圣殿里晃来晃去，内心充满了自我炫耀。他带城里的一些领袖到圣殿以南三四百码处陀斐特地的欣嫩子谷，此地向来是人们将孩童当燔祭献给巴力的地方，而这种祭祀方式仍在暗地里进行着。此地有如一个城市的死角，堆满了垃圾，不时发出阵阵恶臭。

耶利米腋下挟着一个瓦瓶，对这批领袖道出他的关怀：神在他们身上有无比的爱和神圣的计划。他再度提到，若无法改变人的生活，则改革便毫无用处。即使圣殿中的器皿擦得再亮，但百姓生活依旧贫乏，有什么益处呢？即使遵守了律法书上的戒律，但若忽视蕴含其中的爱，有什么益处？如果对伟大的宗教传统大发热心，却视自己不喜欢的人为渣滓，有什么益处？若感情未能与好的行为相连，即使尊崇宗教的仪式而自以为义，有什么好处呢？真理是存在于内心的；一旦表白了信仰，便需要以心灵去体验；真理又是社会性的，必须与人分享。

站在这个骇人的地方，耶利米开始指责这些领袖靠着宗教无往不利，但他们却在同时抛弃了那位召他们活在爱和信心中的神。他指责他们自创宗教，以满足自己的欲望，又借宗教信条来谋利。当耶利米说完之后，便将瓦瓶重重地摔在地下，对他们说："万军之耶和华如此说，我要照样打碎这民和这城，正如人打碎窑匠的瓦器，以致不能再囫囵。"（耶 19:11）

四面惊吓

话传得真快，当耶利米回到耶路撒冷时，全城的人早已议论纷纷，巴施户珥当然也听到了。身为圣殿总管的巴施户珥负责维系这次改革的成果，像耶利米这样的人根本没有助益。于是巴施户珥逮捕了耶利米，把他扣押在圣殿北方的刑枷上。耶利米虽然受到这种侮辱，但却毫不胆怯，仍像从前一样严厉地指责巴施户弭。枷锁限制了他的行动，却不能使他沉默。他对着巴施户珥喊道："耶和华不叫你为巴施户珥，他要叫你玛歌珥米撒毕，就是四面都是惊吓。审判就要来临，因为到处是刚愎、自私、侵害人的罪恶，而你却拿神圣的外衣庇护它们。巴比伦将入侵，所有的财物和人民都将成为他们的虏物。这事一旦发生，巴施户珥，你的名字就要改为四面惊吓。那时,大家便晓得,搅乱平安的是你而不是我。你所传的假信息以及崇拜时的伪善将暴露无遗,你也无法逃避神的审判;到那时,的确要四面惊吓了。”

耶利米并非头一回用到玛歌珥米撒毕这个词,在他的另外三篇讲道中也曾经用过(耶6:25,46:5,49:29)。然而在这种情况下,耶利米对巴施户珥的谴责,根本徒劳无功。巴施户珥以圣殿总管之尊主持庄严的崇拜,人民无不仰慕他;而耶利米则在刑枷上,成了众人的笑柄。当人们来到殿里从耶利米身旁经过时,就以他责备巴施户珥的话来戏谑他。一时之间,群众也都跟着起哄:“有个老玛歌珥米撒毕,四面惊吓。”

耶利米彻头彻尾地被人羞辱了:他被缚在刑枷上受人嘲弄,被戏称为玛歌弭米撒毕。这个经由苦难孕育而生,因关怀百姓危险的处境所发出的字眼,如今却成了屈辱的口号:玛歌弭米撒毕,四面惊吓;玛歌珥米撒毕,这个老畜生!

耶利米不畏枷锁、嘲弄,且无惧于屈辱、困窘、不安、痛苦、失败和怀疑,他的确是“圣城、铁柱、铜墙”!

我们不必勉强自己去喜欢这种经历,连耶利米也不喜欢。他对巴施户珥大叫,接着又对神呐喊;这些事竟都发生在他身上,不仅使他深受伤害,也令他气愤,甚至有些不知所措(耶20:7—10)。他真的一点也不喜欢这种遭遇,但他也毫不畏惧;因为在他的生命中,最重要的是神——不是舒适、喝彩、平安,而是永活的神。他怕的是平板死寂的崇拜和不需要委身的宗教,他怕的是得到了自己想要的,却错失了神的旨意——这也是唯一值得我们畏惧的事。

当我们还可以像耶利米一样,满怀热诚渴慕神,并与他建立亲密关系时,却反倒将短暂而宝贵、能托付永恒的岁月,耗在琐碎无益的闲谈中,那将是何等的浪费啊!

08

无法治愈的伤痕

耶和华啊，你是知道的；
　　求你记念我，眷顾我……
我没有坐在宴乐人的会中，
　　也没有欢乐；
我因你的感动独自静坐，
　　因你使我满心愤恨。
我的痛苦为何长久不止呢？
　　我的伤痕为何无法医治，
　　不能痊愈呢？
难道你待我有诡诈，
　　像流干的河道吗？

——《耶利米书》15:15,17—18

我认为，直接与神谈话总比间接谈论神要好；那些发自内心的虔诚话语——总能叫人更肯定自我。

——小德兰(Therese of Lisieux)①

举世公认的伟大人物，常常会成为一般人好奇的对象。究竟他们内心在想些什么？别人看不到的时候在做些什么？其私生活又如何？我们始终满足不了闲聊他人隐私的胃口。通常人们读到某位政治家演说的故事时，总有不少人会去阅读有关他前一晚会与某某人吃饭等琐碎的专栏，为的是更了解这个人；至于他公开的形象以及外在的表现，并不能满足我们的好奇心。凡是可能显出其内心的任何细节，即使再不重要，我们也不肯轻易放手。

这种好奇心往往是出于自己的小气，想看透别人借以贬低其光彩，好使自己处在自身的褊狭中，而不至于感到尴尬。此即哈瑞·斯坦克·苏利文(Harry Stack Sullivan)提到的一种很不名誉且轻薄的态度："如果我是鼹鼠所掘的小丘，那么这世界根本就没有所谓的山了。"但对于伟人生活的细节有强烈兴趣，却是健康的；那是人类出自本能对于基本人性的寻求。

耶利米究竟是一个怎样的人？当他不受人注意、不对群众讲话时，他的表现如何？同时我们也很想知道，除了与耶路撒冷的宗教领袖有正面冲突之外，其他时间他都在做什么？

---

① 小德兰(1873—1897)是法国加尔默罗圣衣会的修女。她生前默默无闻，但她的《灵心小史》却在她死后打动、影响了很多人。她被尊称为"圣女小德兰"，1997 年又被列为教会的四大女圣师之一。

祷告的先知

对于这些问题唯一清楚且直接的答案就是:他祷告。耶利米书有七处经节属于"自白",所用的口气均为第一人称。他敞开心扉,显露出其内心经过激烈争辩后的状态。在我们开始读一些最隐私的章节时,总会情不自禁地屏住气:因为当接触到这类伟人的日记、书信或录音带时,常常会令我们感到失望,甚至幻灭。究竟有多少人的盛名美誉在内在生活暴露之后仍然能够存留?

耶利米的内心通过这段自白表露无遗,它令我们讶异而非幻灭。在人看不见的时候,他渴望与神亲近——祷告。耶利米的生活就是一种祷告的生活,而他高超的人性中所蕴含的本质也就是祷告。

我们默默观察耶利米,却不曾见他与朋友一起讨论关于神的事或传说;对他而言,神不该是被人拿来谈论的对象;我们也未见他在图书馆里研究神,或者思考巴比伦人的典籍,以便分析他们的信仰;他也没有去考察埃及人埋葬死人的风俗,以了解他们对永恒的观念。对他而言,神不是一个可以拿来研究的对象。我们也未见耶利米以其敏锐的心和广博的智慧企图去解答神的问题——例如,一位善良的神怎会容许一个邪恶的世代?对他而言,神绝不是一个有待解答的问题。

我们看见耶利米向神祷告:他对神说话,并且倾听神的声音。祷告是一种行动,透过它,我们与神亲近,如同亲近另一个人一样,我们会与其谈话,并以"你"相称。祷告是我们对那位倾听我们话语者所给予的注意。祷告让神成为我们个人的中心,作为主和救主来亲近；在亲近神的同时，我们的整个生活都会整合起来，并且得以表达。祷告是最高层次的个人语言。这七段自白正显示出耶利米在个人独处时，以“我”和“你”的关系来与神谈话。

亲密的祷告

几乎每个信靠神的人，仍会以其惯常的方式随口进行批评，但祷告则完全不同。假设你正和一位你渴望与他在一起的人——一位朋友、情人或者对你很重要的人共进晚餐，餐厅的格调高雅，内部的设计给人一种神秘感，适度的光线照在你们的桌上，四周则沉浸在黑暗里。虽然你知道这屋里还有其他人在活动，但却不妨碍你们之间的亲密。谈话间，偶尔出现片刻的沉默，却蕴含着深意。侍者几次走到你们身旁：你向他询问一些事、把订单交给他、请他将杯里的水添满、把已冷却的菜退给他，最后你谢谢他殷勤的服务，并留下小费。离开餐厅来到街上，虽然仍是原来的两个人，但你们谈话的内容却变得比较平常，不再属于那么个人的话题了。

这就是一幅祷告的画面，那位与我们亲密深谈的人就是神；此刻，世界并未离开我们，而是隐没在暗中。祷告绝不是全然的、解脱的孤独，但它却是经过细心保护、妥善维系的一种亲密关系。祷告是渴望直接听到神的声音、直接向神说话，然后再挪出一段时间做这件事。这是因我确信这位永活的神对我而言无比重要，我们之间容不得我丝毫疏忽。

然而我们的祷告却常是一则具有讽刺意味的改编剧。与原来画面不同的是：坐在桌子对面的是“自我”；侍者是上帝，这位侍者上帝虽是少不了的角色——没有他，你就吃不成这顿饭——但他却只是个局外人，一个任你使唤、抱怨或是最后从你那里得到一声谢谢的人；至于那个完全吸引你的人则是"自我"——你的心情、想法、兴趣、满意或不满意。一旦离开餐厅，你也就忘了那位侍者；如果那是一个你经常会去的地方，顶多你还可能记住他的名字而已。

耶利米的自白完全是未经改编的真实画面——绝对以神为中心。这足以说明耶利米为何具有这种能力和吸引力，也就是显明在耶利米身上那股个人的强度和清纯本质的源头。

耶利米与神之间的亲密交谈是如何进行的呢？我们已晓得他私下与谁在一起，却不知道他说了些什么。耶利米书 15 章的自白是很好的范本。此外，它也又一次令我们感到惊讶，因为我们本以为祷告一定是平静的、易于接受的，而人在祷告的时候也一定很平安，但耶利米的祷告所反映出来的却是惊吓、孤独、受伤和愤怒。

> 耶和华啊，你是知道的；
> 求你记念我，眷顾我，
> 向逼迫我的人为我报仇。
>
> （耶 15:15）

耶利米受了很大的惊吓、咒诅和迫害，没有一处对他来说是安全的。谋害他性命的阴谋、对他肉体的鞭打和残酷的监禁，全都涌现在这个祷告里。他将自己经历过的事都告诉神。很显然，他根本不喜欢这种待遇，也不愿意接受它。"神啊！是你让我掉进去的，现在求你救我出来！"紧接着，他又以自己的急迫与神的忍耐相对照：

不要向他们忍怒取我的命；

要知道我为你的缘故受了凌辱。

(耶 15:15)

约翰·布莱特(John Bright)①解释得更清楚："不要因你的忍耐而毁了我！想想看，我可是因为你的缘故才遭人虐待！"这似乎意味着："不要那么宽待迫害我的人，免得他们把我杀了。"话语间带着拼命的味道。他留意到神的步伐依然沉重而缓慢，然而种种逼害却迫在眉睫；他内心无比恐慌，却又极力想缓和两者的冲突。于是我们告诉神该做什么，并且告诉他我们希望的时间。我们还是很看重神——否则干吗要祷告？——但我们把自己看得更重要，甚至明确地告诉神什么时候必须为我们做哪些事。

孤独

接着，耶利米向神诉说他的孤独：

耶和华万军之神啊！

我得着你的言语，就当食物吃了，

你的言语，是我心中的欢喜快乐，

① 约翰·布莱特(1811—1889)，英国激进派和自由派政治家，也是当时最伟大的雄辩家之一。

因我是称为你名下的人。

我没有坐在宴乐人的会中,

也没有欢乐;

我因你的感动独自静坐,

因你使我满心愤恨。

(耶15:16—17)

起初,耶利米满怀热忱地接受神的话。这儿或许是关于在圣殿里被发现的《申命记》,耶利米就是因为看到这卷书,而在约西亚王的改革中,以发言人的身份投入传道的工作。这是项令人喜悦但却相当孤寂的事业,必须忍受长年的孤独。大多数人过着笑闹、宴乐的生活,而耶利米则在孤独的沉思中寻求神的话语,并宣扬永存的真理。这项真理是他曾经经历过的,现在他要宣扬出来。这种方式的生活带给人喜乐,而他毫不保留地将自己投入其中,表现出他看重神的话比任何人的话更重要。但他投入之后,才发现身边除了自己,就再也没有其他人了!他该怎么办?回到人群中,直到有人决定与他同行?不成!他已将自己交给神了。既然尝过真理的滋味,他再也咽不下闲聊、谣言的平淡口味;然而即使如此,这毕竟是一桩孤独的事业。

受伤

他继续向神倾吐所受的伤害:

我的痛苦为何长久不止呢?

我的伤痕为何无法医治，不能痊愈呢？

（耶15:18）

百姓的罪、恶人的残酷、群众的漠不关心——这一切都对耶利米造成极深的伤害，因为他在乎他们。作为神的代言人，他要把神永恒的爱告诉这些善变的百姓，如今，他为这些人不接受这份爱而感到无比伤痛。由于领受了神的启示，他也深深觉得自己被他们拒绝。百姓亵渎神如刀割似的割痛他，他们愚笨的反叛伤害了他，他们空洞的崇拜仪式，更加深了他的创痛。他看不到医治，因为唯一的医治就是百姓为罪忏悔，并且信靠神。他在寻找，却毫无结果。

愤怒

于是他的祷告愈发激烈，由创痛转为一种无礼的发泄，他说出了心中的愤怒：

难道你待我有如一条虚假的小河，
又像是流干的河道吗？

（耶15:18，RSV版①）

耶利米在指责神。他曾经传扬神是“活水的泉源”（耶2:

① RSV是Revised Standard Version的缩写，即《修订版标准圣经》。本书原文援引该版本圣经，但在翻译时除特别情况照RSV版本直译外，基本采用的是中文和合本的翻译。——编注

13)，现在却指控他是一条“虚假的小河”——如同沙漠中的干河床，看似有水流经过其中，但等你走到岸边，却发现它是干的，这种河只有在大雨过后才可能有水，平时就靠不住了。实际上，耶利米是在说：“神啊！你骗我，你曾答应过，但你却不拯救！”

耶利米的祷告一点也不畏缩，在愤怒中，他甚至大胆地责备神：“耶和华啊！你引诱我，我也从了你；你抓住我，并且胜了我。”(耶20:7，布莱特译)另一个生硬但正确的翻译是：“你先是引诱我，继而又掠夺我。你用话来诱骗我，然后又抓住我，使我顺从你的意愿。”其实，愤怒有时可以作为测验我们信仰的标准；信仰神的人与神争辩，不信神的人自然只有彼此辩论了。

耶利米祷告时就是这个样子：惊恐、受伤、愤怒。你觉得惊讶吗？如此坚强的耶利米竟会是这样祷告？耶利米遭遇的景况对我们来说并不陌生，因为每个人都曾经历过，但我们祷告会提到这些吗？耶利米会！凡是遇到或想到的任何事，他都会联想到那位活泼、精明、施行拯救的神；一旦这些事和神起了关联，便另有事情要跟着发生了。

悔改

耶利米虽然不说话了，但祷告仍然继续，因为祷告并不会随着声音结束。在祷告中，神不仅是听众，更是我们的良伴。耶利米诚实地把话说完，现在他期望能听到神的声音。

> 耶和华如此说：
>
> “你若归回，我就将你再带来，

使你站在我面前。”

（耶 15:19）

归回（悔改）这是耶利米传道时常用的钥字之一。他传给别人的信息，如今也向他自己传布。他将痛苦一股脑地说出来，莫非只是出于自怜？神回答：“耶利米！你所受的惊恐、孤独、伤害和愤怒，我都了解，我不会使你陷在里面。不要耽于其中，离开它！要悔改！如果你回转（撇弃刚才所说的恶言），我就使你回复（恢复你）先知的职位。”这一节出现了归回（悔改）的双关语。

在祷告中，耶利米的角色应该是诚诚实实地表现出他个人，因为他的对象是神。在与神个别的关系中，首项要求便是要成为真正的我，除掉面具和伪装：“神啊，这就是我！这就是我！”耶利米的祷告似乎并不虔敬，也并不十分恰当——他只是把心中的感受说出来，就是惊恐、孤独、受伤和愤怒——但这就够了！神在祷告中则扮演恢复和拯救的角色。生活中的确存在着惊恐、孤独、痛苦与责备，但它们不是一直停在那里。耶利米的祷告，其实有一部分是在为自己难过。神晓得我们的痛苦，但他绝不任我们自怜；神对耶利米是严厉的，正如耶利米对百姓是严厉的一样。“要悔改，远离那感觉，因为那是有害的。然后我必使你恢复，你也要在我面前站立，预备事奉。”

重建优先次序

神继续回答：

如果你所说的是宝贵的话语，而不是废话，

你就可以做我的代言人,
他们必归向你,
你却不可迁就他们。

(耶15:19,RSV版)

耶利米的沮丧是可以理解的,因为他说过的话没有一句实现,所传的道也都徒劳无益。痛苦之余,他得到的却是迫害与责备;他是否该转变口气,说些众人爱听的废话?但神在此刻却增强了他的决心:坚持你从我所受的呼召,你要做我的口。"让他们归向你,你却不可归向他们。"(布莱特译本)过去耶利米很在乎别人说的话,如今,他只在乎神。

在祷告中,事情的优先次序得以重建。神是否居首位可以造成世界截然不同的情况。到底是谁居首位?神或人?如果答案是神,则他的抱怨只是表达他在从事这件困难的事情上碰到了麻烦,而这件事或者值得做,或者不值得做。我这一生真正想做的是什么?爱他们还是巴结他们?讨人喜欢还是讨神喜欢?

优先次序的排定,并非一次即成定局,而是得经过一再的调整。原因包括环境、心情的转变等。此时,神在我心中是否依然居首位?祷告可以帮助人重新调整优先次序。

更新

耶利米继续听神要对他说什么:

我必使你向这百姓成为坚固的铜墙,

他们必攻击你,却不能胜你,
因我与你同在,要拯救你,搭救你,
这是耶和华说的。
我必搭救你脱离恶人的手,
救赎你脱离强暴人的手。

(耶 15:20—21)

耶利米小时候也曾经一度听到这些话(耶 1:18—19)。神仍会提到以前他所说过的话,他的承诺依旧有效。然而,单是记得神的话还不够,必须再一次听见才行,而祷告时我们正可以听见神的保证;把这些经文带在身边依然不够,我们需要每天听到,而祷告正能使我们亲耳听见来自神的话语。环境改变了,神会改变吗?我们祷告,我们倾听。神重复他说过的话——同样的话!于是委身于神的过程中,我们又重新得力。

最后作结论的是三个同义字:拯救(save),搭救(deliver),救赎(redeem)。"搭救(deliverance)有多面意义,而每个动词强调的也有所不同。"①神的呼召与耶利米的委身之间,生命的联结再次被肯定。个人的关系、誓约的维系,全靠千百次的强调与质疑。沃尔特·李普曼(Walter Lippmann)所谓的"现代作风的酸味"正侵蚀着人类生命与神的目的间的维系物。②生命不停地在运作,且具

① John A. Thompson, *The Book of Jeremiah*(Grand Rapids:Eerdmans,1980), p. 398

② 沃尔特·李普曼(1889—1974),美国作家、记者、政治评论家、传播学史上具有重要影响的学者之一,代表作《公众舆论》。引文出自他的 *A Preface to Morals* (New York: MacMillan,1929),p. 56.

有强大的力量，它无时不在变化，无时不在增长，而世界则攻击它，向它挑战。神的话永不改变，我的任务也不会改变，但这层关系却不断遭受攻击，因此人也必须随时更新。决心是必要的，但还不够；在祷告中，神使我们更新。祷告不见得能让我们学习新的事物，但神却在其中向我们再次肯定我们所委身的信仰。

赛跑

马拉松是最激烈的运动项目之一。波士顿的马拉松比赛，总能吸引世界各地的赛跑好手参加，因为谁要是赢得这场比赛，便会无条件地被列入当今伟大的运动家之列。1980 年春，芮丝·鲁兹(Rosie Ruiz)成为第一位越过终点线的妇女，在一片闪光灯与喝彩声中，她戴上了桂冠。在长跑界，她根本是个无名小卒，但第一次的比赛竟然得到著名的波士顿马拉松赛的冠军，真是令人难以想象！后来，有人注意到她的腿——肌肉松弛，于是问题来了，在26.2 英里的赛程中，并没有人看见她。因此真相大白：原来她是在最后一英里的赛程中才插入的。

一时之间，大家掀起了对芮丝这个人的兴趣。其实，她明知道会被人发现，为什么还要尝试呢？体育成绩是无法造假的。但是她始终不承认她在欺骗，还一直声称要以马拉松赛来证明自己的能力，虽然她根本没有尝试。许多人访问她，希望找出一些有关其人格形态的线索。一位访问过她的人下结论说，她确实相信自己跑完了波士顿马拉松赛的全程，并且赢了这场比赛。后来，大家只好将她的情况归纳为一种社会病症。她活得很自然，也很有说服力，但若是以行为的对错或可否被接受的角度来看，她并没有良知，也不能体悟现实。从外表看来，她明朗、正常、聪明，但她的社会行为却一点也不正常。

在读到关于芮丝的报道时，我便想到：在我认识的人当中，也有不少人在明智地筹划着不参加赛跑，只想赶上最后的场面。每逢礼拜天或节日庆典，这些人总是面露笑容地出现在教堂，但个人的生活却与此毫无关联。偶尔为了表现爱心和怜悯，他们会公开地做出惊人之举。我们一方面会感动，一方面又很惊讶，因为我们以前根本不晓得他们还会做这种事，而且直到如今，我们仍然不知。不过，目前还是让他们保有这种所谓的好处吧！以后大家就会发现他们毫无长进，个人与所做的事情全不相干。他们既善辩，又很能使人信服，但至始至终他们没有加入赛跑——除了在艰难的时刻相信神，孤单、愤怒、受伤的时刻才祷告之外，他们根本不晓得在信仰中什么才是真实的。对这样的人，应该称他们患上了宗教病（*religiopath*）。

没有人能伪装出一副胜利的姿态，好像自己是耶利米那样的人。只有在私底下持续不断地祷告，才能达成我们所期望的那种人格完全、心灵敏锐的境界。人在暗中的所作所为，便决定其外在身份的稳固性。祷告是隐藏的工作，它能使一个全然真实、具有人性的生命得以发展。

09

持续了二十三年

从犹大王亚们的儿子约西亚十三年，直到今日，这二十三年之内，常有耶和华的话临到我，我也对你们传说，就是从早起来传说，只是你们没有听从。耶和华也从早起来，差遣他的仆人众先知到你们这里来，说："你们各人当回头，离开恶道和所作的恶，便可居住耶和华古时所赐给你们和你们列祖之地，直到永远。"

——《耶利米书》25:3—5

有经验的登山家多半以轻松、规律的步伐行走山路。在平地走时，这种步伐或许稍嫌小了些，但持续往上走时，就愈能看出其能耐。那些从都市来、没有登山经验的人，总是急急赶路，没一会儿工夫就累得气喘如牛，必须停下来休息……当浓雾降临，有经验的登山家一定停止前进，在原地搭起随身携带的轻便帐篷，静静地抽烟斗，等到烟消雾散才再度启程……你想在德行上长进、服事上更爱神吗？只要你以平缓、稳健、有如登山者一样的步伐往上走，愿意在前进及成长的不同阶段中，在心灵的孤独、黑暗与空虚中驻足一段时日，你就会有所长进，并且能够达到这些目标。

——冯·许戈尔(Baron Friedrich von Hügel)①

马克·吐温说过：字词用得恰当与否，其差别有如闪电与萤火虫的光度。字词如果用得恰到好处，便立即能燃起一片火花，照亮四周。在耶利米书 25 章里就出现了相当好的字词：从早起来(*hashkem*)。

这个字的背后有一幅画。"示剑"(*shechem*)在希伯来文的原义是肩膀。在巴勒斯坦中部有两座巍峨的山以巴路和基利心，夹在两座山中间的村落即是示剑。当以色列人结束在旷野四十年的流浪生活进入迦南时，约书亚带他们到示剑，将他们分别聚集在两山的斜坡上，然后重申神曾经在此吩咐他们的话：从一山有祝福由信靠神的人那里出来；从另一山有咒诅，由达悖神诫命的人那里出来。示剑，是神向人说话以及人聆听神话语的所在。

"示剑"(*shechem*)还有一个引申的意思：外出旅行时，将一路

---

① 冯·许戈尔(1852—1925)，天主教现代派神学家、哲学家。引文出自他的 *Selected Letters 1896—1924*, edited by Bernard Holland (New York: E. P. Dutton, 1933), pp. 305 and 266.

所需的食物担在驴背上或自己肩上，然后出发。“肩膀”这个名词便在此用作动词，引申为“将外出所需的食物担在牲口背上”。在以色列这么炎热的国家里，若有事必须到某地去，最好赶在日出前就启程，免得被炽热的太阳晒得疲累不堪。因此这类旅行的特色，就是日出前就启程。所以，后来这个字又用来描述人早早起身，担着沉重的包袱，展开长途跋涉的情形。

这就是 *hashkem* 这个字的用法，而它正是耶利米一生及耶利米书的要点。“二十三年之内，常有耶和华的话临到我，我也对你们传说，就是从早起来(*hashkem*)传说，只是你们没有听从。”二十三年来，耶利米每天清早起来听神的话，并将神的话传给这些人；但二十三年来，这些百姓却偷懒、怠惰、昏睡、不听神的话。

其实，*hashkem* 这个字不只出现在耶利米书 25 章，它也散布在耶利米书的其他章节里。这里总共有十一个例子：

> 耶和华说：现在因你们行了这一切事，我也从早起来警戒你们，你们却不听从；呼唤你们，你们却不答应。(耶 7:13)
>
> 自从你们列祖出埃及地的那日，直到今日，我差遣我的仆人众先知，到你们那里去，每日从早起来差遣他们；你们却不听从不侧耳而听，竟硬着颈项行恶，比你们列祖更甚。(耶 7:25—26)
>
> 因为我将你们列祖从埃及地领出来的那日，直到今日，都是从早起来，切切告诫他们，说：“你们当听从我的话。”他们却不听从，不侧耳而听，竟随从自己顽梗的恶心去行；所以我

使这约中一切咒诅的话，临到他们身上，这约是我吩咐他们行的，他们却不去行。（耶 11:7—8）

从犹大王亚们的儿子约西亚十三年直到今日，这二十三年之内，常有耶和华的话临到我，我也对你们传说，就是从早起来传说，只是你们没有听从。（耶 25:3）

耶和华也从早起来，差遣他的仆人众先知到你们这里来。（耶 25:4）

不听我从早起来，差遣到你们那里去我仆人众先知的话。（耶 26:5）

耶和华说：这是因为他们没有听从我的话，就是我从早起来差遣我仆人众先知去说的，无奈他们不听。这是耶和华说的。（耶 29:19）

他们以背向我，不以面向我；我虽从早起来教训他们，他们却不听从，不受教训。（耶 32:33）

利甲的儿子约拿达所吩咐他子孙不可喝酒的话，他们已经遵守，直到今日也不喝酒，因为他们听从先祖的吩咐。我从早起来警戒你们，你们却不听从我。（耶 35:14）

——我从早起来，差遣我的仆人众先知去，说：你们各人当回头离开恶道，改正行为，不随从事奉别神，就必住在我所赐给你们和你们列祖的地上。只是你们没有听从我，也没有侧耳而听。（耶 35:15）

——我从早起来差遣我的仆人众先知去，说："你们切不要行我所厌恶这可憎之事。"（耶 44:4）

这些话听来是否很严厉？进行起来是否困难重重？我们知道耶利米在那些年中，确实遭受极多的辱骂。他除了面临别人的嘲笑、排斥和牢狱之灾，同时又要与心中不断涌起的沮丧、绝望以及随时准备放弃的念头搏斗。到底这么做有什么意义？为什么不干脆去将就那个时代的潮流呢？

就在那时，神来到耶利米面前，对他说："你若与步行的人同跑，尚且觉累，怎能与马赛跑呢？"(耶12:5)神问耶利米：你想要什么？过一个乏味、毫无挑战的人生，闲来之时与这批臃肿、低能、有如寄生虫般的人群闲逛？或者，你愿意与马较量呢？神的质问把耶利米从无力、绝望中拉起："我要与马一同奔驰！"第二天，天没亮他就起身，开始过早起而紧凑的生活。

一颗预备好的心

hashkem 有日出的意思。耶利米日出前即起身工作，他实在是心甘情愿、满有喜乐的工人。在他心中有一道晨光，每一天他都盼望聆听神的话，然后向众人传讲。耶利米想必是知道诗篇108篇，因为这正像是他每日清晨所作的祷告：

> 我的心预备好了！噢，神啊，我的心预备好了！
> 我要唱诗歌颂！我的灵魂，当醒起！
> 琴瑟啊，当醒起！我要极早醒起！
>
> (诗108:1—2，RSV版本)

其实，耶利米并没有下定决心要忍耐二十三年；他只是黎明即起，且知道这一天是属于神的。他每早起来不是去面对人的排斥，而是去朝见神；不是去忍受另一次的嘲弄，而是要和他的神在一起。这就是他之所以能坚持到底，走这条朝圣之途的秘诀。不是满心恐惧地想着前面漫长的路，而是怀着顺服的喜悦和期待去迎接现在的每一刻："我的心已经预备好了！"

有人毕生致力于持久不变的工作、持久不变的婚姻或持久不变的事业，然后无怨无悔地从整个过程中慢慢消失。以他们多年持续不断地从事同一件事看来，的确相当具有毅力，但我们却未因此对他们特别钦佩。相反，我们倒会为他们经年累月地过这种激发不出任何活力与想象力、毫无趣味的生活而觉得遗憾。

但我们并不为耶利米难过，因为他不是落在一个既定的模式中，而是委身于一个崇高的目标。他没有把做过的每件事当做是乏味无聊的苦工。就我们对他的认识，经过这二十三年，他的想象力反倒比年轻时更活泼，精力也比以前更好。他从不随波逐流。在充满奇遇的先知生涯中，每一天都是新的经历。这些经验累积的结果，便形成一个无比坚强、具有无比韧性的生命。

曾经有人问裘·韩德生（Joel Henderson）怎能写出那么多本书。他回答："我从未写过一本书，我只不过是一天写下一页罢了。"以他有限的精力和想象力，一次就只能完成一页，但一年下来就成了一本三百六十五页的书了。

耶利米坚定不移的忠诚，与他周围的人所表现出来的善变及冲动，有显著的不同。他们满脑子计划、野心，但却丝毫没有长进；正如同约翰·福勒（John Fowles）一则短篇故事里的人物——"他想一天就登上埃弗勒斯峰;如果需要两天,他就没兴趣了。"①

耶利米想尽办法让他们看清这种生活的空虚和可怜。他用了一个大胆、对性直言无讳的隐喻,来吸引他们的注意,然后戏剧化地将他们毫无意义的生活呈现出来。

> 你看你谷中的路,
> 就知道你所行的如何——
> 你是快行的独峰驼,狂奔乱走;
> 你是惯在旷野的野驴,
> 欲心发动就吸风,
> 起性的时候,谁能使它转去呢?
>
> (耶2:23—24)

这话说得相当苛刻,人站在小山上看谷底的一只骆驼,它正上下来回地寻找配偶,沙上的足迹显示它一直不停地寻找,在原地奔来窜去;这又像是在观看一只欲心发动的野驴,在旷野里吸风,一心只想嗅出异性的气味——不管它是怎样的都好——既不受拘束,又没有目标,所追求的只有一件事:欲望的满足。

那就是你们的光景!耶利米这样对他们说。你们的生活被欲望和冲动主宰着,根本没有交托,漫无目的与方向;你们狂乱、忙碌、到处冲撞,只为了那里能让你获得些微的满足。然而你们并非

---

① 约翰·福勒(1926—2005),英国小说家和散文家。引文出自 *The Ebony Tower* (Boston:Little,Brown & Co.,1974),p.147.

处在思春期的骆驼和驴,你们乃是懂得什么叫忠诚的人啊！现在岂不正是开始过这种生活的时刻?

以色列长久以来就对神不忠。凡是包装诱人的东西,都可以把她从神那里引开,而每件稀奇古怪的嗜好也都能引起她短暂的狂热。几世纪来,她就这样无休止地一物接一物地追求。

在另一篇具有相同效果的信息中,耶利米用了一个不同的异象:"你为何东跑西奔,要更换你的路呢?你必因埃及蒙羞,像从前因亚述蒙羞一样。"(耶 2:36)耶利米在这里把一面镜子拿到他们面前。他们看见镜里有一女子迷恋上一位沿街走来的男子。她一心只想引起他的注意,但男子没睬她,她跟他进了一栋房子;同样的故事一次次地重新开始。这感情不专的轻浮女子周旋于男子间,她不在乎自己与他们的关系,她要的只是一种感觉。当然这些男子也只是在利用她,他们彼此都差不多。

这当中所要传达的信息,实在是显而易见的。你先是迷恋亚述,但却毫无结果;如今又迷恋埃及,结果还是一样。如果你有所长进后,回顾那些时日,应该会觉得尴尬和脸红。然而神依然是爱你的,你也曾说过你爱他！你的所作所为超越了你愚蠢的幻想,它们一点都不实际。亚述从未关心过你,埃及也不会,但神却关心你。他不会允许所爱的人,也就是他为着荣耀所造的人,活在这种愚蠢和空虚中。

每一个新的早晨

耶利米从哪里学会坚持到底?他如何使字句变为行动,流露在生活中呢?当然不是从他周围的人,乃是从神那里。

耶利米学会一生为神而活，因为神一直活在他心里。《耶利米哀歌》里的五首祷告诗（以耶利米的惯常写法），表达出耶路撒冷沦陷后（也就是以色列史上最严重的灾难时期）神的子民所经历的痛苦。在这段黑暗期的中期，在这五首为罪及痛苦哀伤的诗当中，有这么一节诗句："上主的慈爱永不断绝，他的怜悯永不止息；每一清晨都是新的，你的信实极其广大。"（哀3:22—23，RSV版本）

就是这样——"每一清晨……你的信实极其广大。"神的信实并非出于责任而一再重复着，而是在新的一天蕴含了一切的惊奇和活力，以及一切事实和规律。日出时分——正是一切自然现象与命中注定同时展现的时刻。有谁对黎明的景象已习以为常？当夜晚来临，我们"被黑暗吞没，如同有一天我们将会回归尘土里；至此，我们晓得自己由这个大千世界被抹除；然而，随着黎明的来临，我们又像拉撒路复活一样，活生生地站起来了，而且发现自己的四肢和感觉毫无改变"①。我们永远不会对黎明的景象习以为常，它总是带来无限的惊奇。当然，我们也会有毫无反应的时候，但直觉上我们知道这是由于我们自己的不定或疾病或沮丧所致。假使自然界的周而复始永远不会令人生厌，那么神的一再叮咛就更不用说了。

那就是耶利米源源不断、持之以恒的力量来源。他天未亮就起床，为要聆听神的话。起床后，他安静、专注地到主面前。早在喧嚣、笑骂、抱怨开始之前，他已与神有了美好的交通，由神那里重

---

① G. K. Chesterton, quoted in Ward, *Gilbert Keith Chesterton*, p. 397.

新获得了奋斗的勇气和力量。

"但是,"耶利米说,"你们总是不听……你们总是不听,也不理会。"(耶 25:3—4)由此显出一般人反复无常的生活模式。我们的不稳定、不忠实,以及无法分辨时尚和信仰,是因为我们不能早早起来听神的话,我们每天也没有找出一段安静独处的时间,来预备这一天的生活。盖瑞·威尔斯(Garry Wills)说:一个新造的人"必定会塑造自己的生活,而他的时间表上一定有空余的时间,用来反省、研读及创造"①。

耶利米行事有明确的先后次序:他每日不间断地早起,聆听神的话,然后将所听到的说出来、行出来。这并不是因为他没有其余的选择,也不是因为他想不到其他事可做;而是他选择了耶稣所说的"不可少的一件事",即专心聆听神的话。

天才多半具备一般人所不能及的好奇心与想象力,他能终身狂热地从事同一件工作,绝不会中途放弃或转向其他事物。奥古斯丁写过十五篇有关创世记的注释,他从开始着手起,从未因此而自满,并始终认为他对这第一卷书——深入生命的起源及神与人接触的最初原则——探究得还不够深刻;因此,他仍回到那些问题上。贝多芬创作了十六首弦乐四重奏,因他从未以所做的自满,四重奏的形式不断激发着他;他达不到完美,故屡次重回到原作,企图掌握所有的音符。我们认为他已做得相当不错了,但他却不这么认为。因此,他坚持自己的信念,不断把新鲜感、创造力带入每

① 盖瑞·威尔斯(1934—),美国作家,记者、政治、罗马天主教方面的历史学者,《纽约书评》的主要作者之一。引文见于"Hurrah for Politicians," *Harper's Magazine*, September 1975, p.53.

一次的尝试中。同样的事反复来、反复去,但呈现出来的东西,却不再是相同的了,因为每一次冒险尝试的成果,都因为丰富的创意而显得光彩耀眼。

于是耶利米说道:“这二十三年之内,常有耶和华的话临到我,我也对你们传说,就是从早起来传说。”所以只有这一件事是必须做的;不只是今天做,以后也要持续不断地做;从早起来做,不能心不在焉,而要热心地、一而再地做。

10

取一书卷来写在上面

耶和华的话临到耶利米说:“你取一书卷,将我对你说攻击以色列和犹大,并各国的一切话,从我对你说话的那日,就是从约西亚的日子起,直到今日,都写在其上;或者犹大家听见我想要降与他们的一切灾祸,各人就回头,离开恶道,我好赦免他们的罪孽和罪恶。”

所以耶利米召了尼利亚的儿子巴录来,巴录就从耶利米口中,将耶和华对耶利米所说的一切话写在书卷上。

——《耶利米书》36:1—4

有人或许觉得奇怪:为何神的启示要透过语言的形式传给人?神的属性怎么可能保留在如此易变的辅音和元音里呢?其实,这问题正反映了那时代的罪:轻看传递心灵之光的大气空间。世上还有什么可以超越时空的距离，将人类联结在一起的呢？只有文字是永远不会消失的。虽然它们看起来是微不足道的，但却蕴含着丰富的意义……神选用希伯来文，将它的能力贯穿其中，于是这些文字就成了带有圣灵的讯息。就今日而书，它们正是天堂与人世的连接符号。还有什么媒介可用来传递神的性格呢？是用鲜明的画面投射在月球上呢？还是用石头凿成各种雕像呢？

——亚伯拉罕·海舍尔(Abraham Heschel)①

弗兰兹·卡夫卡(Franz Kafka)②在一封信里写道："假使一本书不能当头棒喝地敲醒我们，那读它有什么用？……一本书该像一把碎冰斧，将人类冰封的心灵捣碎。"③对耶利米而言，他生命中就有两本这样的书，一本是他读到的，另一本则是他自己后来写的。

申命记：一把碎冰斧

耶利米读到的书是申命记，它是在圣殿整修时被发现的，后来成为约西亚改革的蓝本。这本书对耶利米的成长有很大的帮助。他思考其中的话，吸收书中的信息。他不像学者那样边读边

---

① 海舍尔(1907—1972)，美国波兰裔拉比，著名神学家和圣经学者。引文出自他的 *God in Search of Man* (New York: Farrar, Straus and Giroux, 1955), p. 244.

② 卡夫卡(1883—1924)，20世纪最重要的德语小说家之一。著有《变形记》、《判决》、《城堡》等。

③ Quoted by George Steiner, *Language and Silence*(New York: Athenenum, 1970), p. 67.

分析、边解释(虽然他未必反对这种方式);也不像改革家,企图由书里找出足以健全社会的原则(虽然他有这方面的需要)。在他读此书时,仿佛是神亲自在对他说话。从他的讲道内容以及他后来的作品中,都足以显示出这本书对他的影响。乔治·亚当·史密斯(George Adam Smith)曾这样写道:“在申命记里,耶利米听到神的呼唤,便说阿们。”①在耶利米读这卷书时,也显出他的三项性格。

读申命记使他想起过去的事。身为神的子民到底有何意义,在申命记中都有详尽的记载。这本书是摩西由旷野进到迦南地时,以演说的方式写的,使人想起神将以色列人由埃及拯救出来,在旷野保守他们,并应许赐福给他们的经验。此卷书将过去零散的、快被遗忘的经验又聚合起来,与现今的经验融合。对于日渐空洞的生活而言。这种回想的过程能使生活重新拾回其本源。

读过申命记,耶利米对神有了新的认识,他学会以一种有次序并可以理解的方式去思考神。申命记所显示的神,与他的子民间有一种忠诚之爱的关系。神不是人胡思乱想出来的,也不是专门用来填塞未知事物的字眼;他乃是以活生生的爱来包容人类的。“爱”是本书最重要的字。爱不但是神的性格,也表达了他对人类的命令。

读过申命记使耶利米更明白真理。这卷书里充满了神的命令,而命令的总归是要人超越自己的理智感情去生活。“诫命把

---

① 乔治·亚当·史密斯(1856—1942),苏格兰神学家,著有《以塞亚书》、《旧约时代的教导》。引文出自他的《耶利米书》*Jeremiah* (London: Hodder and Stoughton, 1923), p. 146.

人由兽性提升到人性。"①生活并非机械性的,我们也没有被社会学的运作带着走,或是硬塞在经济学的方格中。任何人都要做选择,而这种选择并非不断尝试、改正错误之后所得到的结果,而是经由神的命令得知的。它们并未限制人天生的自由,反倒创造出自由的条件。造物者对亚当说的第一句话便是一项命令(创1:28)。命令给人自由并训练我们回应的能力。

耶利米书:一把碎冰斧

耶利米书是申命记所引发出来的——后者将摩西当时对百姓讲述的信息再一次传给一个与他失去联系的民族,而前者则把申命记里的信息再次传给一个被迫离开家园的民族。如今,约西亚——这位与耶利米同时代且同样受到申命记影响的国王——在米吉多作战身亡,他的儿子继承王位,却不照律法书所言去行。由于放纵无度,国家便一蹶不振,律法书所掀起的改革也至此告终。

"任何制度因时间所蒙受的损失,绝不会比宗教来得大,"查尔斯·威廉姆斯(Charles Williams)写出了他的看法,"在一个世代尚未能将信仰的理论与实际融会运用时,学习者便面临死亡,而其所获得的知识与体验也随着消失,于是全体信徒在信仰上的学习与经历又得重新再来一次。改造人类的工作每三十年左右就得重新开始。"②当时的情况正相当于第十七年。

神指示耶利米:"你取一书卷来,将我对你说……的一切

---

① André and pierre-Emmanuel Lacocque, *The Jonah Complex*, p.113.

② Charles Williams, *The Descent of the Dove* (New York: Meridian Books, 1956), p.83

话……都写在其上。犹大家听见我想要降与他们一切灾祸，各人就回头，离开恶道，我好赦免他们的罪孽和罪恶。"（耶36:2—3）神有一些话想对我们说，他不是隐藏的，而是乐于将自己显明出来，以一种我们易于接近的方式：取一书卷来——神的话要写在当时最常使用的羊皮纸或草纸上，就像我们用来道谢的便条或上街购物的清单一样。我们可以清楚地看见事情进行的主要步骤：先"写下"，然后"听见"，然后"回转"，然后"赦免"。

于是另一卷圣经诞生了，但它不是静止的、可以随人高兴拿来讨论；它乃是由五个动词（取、写、听、回转、赦免）合成一股快速运转的力量，使神的话语看得见、听得到，且使人对其生活产生责任感。亚伯拉罕·海舍尔是一位学识渊博、在祷告上很下工夫的人，他感叹有人竟把圣经当文学作品来推崇，似乎那就是他们认为的最高评价，"就好像'文学'是心灵世界的最高境界"。然后他说："对于这种赞美，摩西和耶利米会怎么说呢？恐怕和爱因斯坦一样——如果他的相对论受人推崇只是因为字体优美。"①

耶利米让他的朋友巴录参与撰写的工作。由耶利米口述这二十三年来神经由他传递的话语以及祷告的内容，再由巴录写下来。书中充满了探究生命的文句、鲜明的意象、尖锐的冲突和深奥的分析，而其语言正如乔治·亚当·史密斯形容的，"简洁、具体、严厉而又优雅"。

时下的闲谈和谣言，似乎成了我们维生的必需品，但这并不表

① Abraham Heschel, *God in Search of Man*（New York: Farrar, Straus and Giroux, 1955）, p. 244.

示我们根本听不见真理，而是我们不明白它的重要性，只把它当做一项额外的赠品。我们对持续一件工作的重要性并没有正确的概念，凡事随兴所至，时好时坏；直到圣经摆在我们眼前，才使我们得见真理的大能。十年前感动我们悔改的信息，在工作的压力下早被遗忘；而在危机中重新带给我们希望的祷告，也早已埋葬在无数次的失望与失败中——这些话语再度呈现在我们面前时，每件事都变得一致了；对事情的认知取代了健忘，涣散的精神得以集中。经过耶利米的口述以及巴录的记录，这些话语重新有了形式，而隐喻也完全以神的话语为中心。

危机中的讯息

数月之后，巴比伦军队进入了犹太人的领域。消息传来，说他们已经攻陷了亚实基伦。当时埃及和巴比伦这两大强国形成对峙。在权力的快速转移中，耶路撒冷岌岌可危，大家都惧怕在两大势力的对抗下，性命难保。于是全国上下禁食一日；这时，城里到处是焦虑、祷告的人。

对于危机的体认，使全国上下屈膝在神面前，前所未有的人潮聚集在圣殿里，这真是个再好不过的时机。虽然耶利米被禁止在公开场合向众人说话（因他本人为约亚敬王所嫌恶），但他要传讲的信息已经写下，可由其他人代为传讲。于是巴录将写好的书卷带到圣殿，在众人面前读出来（耶 36:4—10）。

当时会众中有个叫米该亚的年轻人，听到巴录所念的内容，深受感动。他曾经多次听耶利米讲道，如今才真正听到神的话；于是他赶忙跑去告诉他的父亲。他父亲是王的内阁大臣之一，此刻正和另外四名政府官员会晤。他们听完米该亚的话，就立刻召巴录来，要他念书上的话给他们听。做父亲的和其他人也同样受到感动。"他们听见这一切话就害怕，面面相观，对巴录说：'我们必须将这一切话告诉王。'"(耶 36:16)

他们既听见了真理，就完全信服。这都是明理之人，深知这番话正是神针对他们个人以及国家而说的，因此必须让王知道。然而他们也很清楚，一旦王听到这番话，耶利米和巴录必死无疑，因此便劝二人先藏起来。其实，王先前已经杀了一位先知，就是顶撞他的乌利亚(耶 26:20—22)，他当然会毫不犹豫地再杀第二人。

圣经在可能引起人不悦的情形下，将神的奥秘与人心的隐情揭露出来——不仅如此，而且使其净化。表达真理的方式有很多种，可以透过预言、诗体、小说、信息、讽寓、新闻报道和戏剧等。其中的话不但将真理显明，也暴露了我们企图破坏、篡改美善事物，企图控制人类的私心和对神的藐视。大多数人都有意无意地活在这种景况中。但那些真实的记载则显出生命原是相当美好，但我们却活得这么糟。心灵的启蒙需要付上痛苦的代价，然而一旦人愿意忍受它，这种痛苦便不再是折磨，而是一种净化。"任何意味深长的话语都可能是一种伤害，然而'来自朋友的伤害却是耿直的'。"①

书卷被焚

现在该轮到王听这卷书了。当时由于天气严寒(十二月)，王

① R. E. C. Browne, *The Ministry of the Word* (philadelphia: Fortress Press, 1976), p. 23.

坐在屋里的火盆边取暖,他派仆人犹底去拿这卷书来念给他听。犹底才念了三四篇,王就不屑地拿刀将书卷割破,扔进火里。周围的谋士也都在一旁笑闹起哄,一点也不惧怕;请命的大臣们则恳求王对所听见的话不要掉以轻心,但王却不听。于是这卷书便被刀子一道道割破,扔进火里烧了。

由此看来,这个做儿子的与他父亲诚然不同。十七年前,约西亚王由书记沙番那儿得到一卷书,要人大声念给他听;书卷上的话令他大大震惊,以致他"撕裂衣服",他深知这是神的话,也明白他们自己一直活在罪恶中。对于他的悔改,女先知户勒大就说:"你听见我……所说的话,你便心里敬服,在我面前自卑……因此我应允了你;这是耶和华说的。"(王下 22:19)

经过了一代,同样的事又再度发生了。约西亚的儿子约雅敬从沙番的儿子基玛利雅那里得到一卷书。他的反应也很激动,但却是出于好笑。他并不像他父亲因忏悔而撕裂衣服,相反,他却把书卷撕了。这里也有一则预言针对这件事(与户勒大称赞约西亚的话截然不同),就是耶利米的咒诅:"你烧了书卷……所以耶和华论到犹大王约雅敬说……他的尸首必被抛弃,白日受炎热,黑夜受寒霜。"(耶 36:29—30)这卷书被烧之时所发出的光热或许还令王觉得暖和,但这却不能持久——他将成为一具尸首,暴露在黑夜的寒霜下!

在户勒大称赞约西亚的话里,最重要是"你听见我所说的话";而耶利米咒诅约雅敬和其子孙的话里,最重要的则是"他们不听"(耶 36:31)。做父亲的听到神的话就遵行,因而使国家重获生机;做儿子的听见神的话却大加嘲笑,于是不久后犹大国便成为别国的俘虏。

漠不关心的举动

约雅敬明知所听见的是神的话，但他唯恐照做之后，生活便得完全改变，因而他不顾一切想毁掉这卷书。于是他故意装作漠不关心，甚至在神圣庄严的气氛下嘲笑神的话，并且随手把书卷划破扔进火盆里。其实，他这种失当的举动反而暴露出他心中的焦虑以及复杂的私心。

凡是企图利用圣经、控制圣经的人，就好比拿着刀子的约雅敬。圣经岂能被人利用？它乃是神呼召我们的话语，要我们回应它；回应必须是虔诚的，而且总是超越个人本身，永远在我们之前。

为了想掌握自己的生活，而将神的话劈成碎片，以便能加以控制，甚至在某些实际的方面加以利用——就好比在冬天将它当柴火烧来取暖一样！我们贬低圣经的价值，好达到利用的目的；又将它完善的结构分解得支离破碎。于是，它不再能完全代表神的话，因此我们也不必再回应它了。

圣经曾多次被人用火烧掉，但没有人能真正将它清除，因为神的话是人无法毁灭的。耶利米和巴录回去再重新口述和记录。这回，他们写得更多："另外又添了许多相仿的话"（耶 36:32）；如今，比原先内容更丰富的抄本，却在耶路撒冷的大街小巷流传着。

每当与人谈话，我总喜欢问一个问题："如果你搭船不幸发生海难而漂流在荒岛上，那么你最想要的是哪本书？"为了避免不实的虔诚，通常我都尝试从答案里把圣经剔除。我喜欢从听到的答案里去分辨对方的价值观。选择莎士比亚《李尔王》的人，可能试图去揣测人与人之间的关系；选择《年鉴》（*Almanac*）或《吉尼斯世界记录大全》(*Guinness Book of World Records*)的人,显示他们把知识看作与人无关的资讯,且这种人比较喜欢人际关系单纯的生活;偏好弥尔顿(Milton)《失乐园》(*Paradise Lost*)的人,则倾向于神学思想的冥思。而我听过最棒的答案是巴特勒(Butler)所写的《实用的造船指南》(*Practical Cuide to Boat-Building*),其用心是显而易见的。

申命记与耶利米书如同造船类的实用书籍。它们并不专注于默想,也不是谈论观念或事务,而是如何生存——回家。这两本书也显示了生命如何构成,使每个人能站在适当的位置看人生。其实整本圣经的写法都类似。申命记着重于重建玛拿西罪恶统治下所破坏的社会,耶利米书则着重于重建被掳、受苦的生命。它们与其他六十四卷圣经一样不断将神的话呈现给遭遇患难的人,并且为他们开辟了一条救恩之路。

11

利甲族

你去见利甲族的人，和他们说话，领他们进入耶和华殿的一间屋子……

凡我们先祖利甲的儿子约拿达所吩咐我们的话，我们都听从了。我们和我们的妻子儿女，一生的年日都不喝酒，也不盖房居住，也没有葡萄园、田地和种子；但住帐棚，听从我们先祖约拿达的话，照他所吩咐我们的去行。

……

利甲的儿子约拿达的子孙能遵守先人所吩咐他们的命，这百姓却没有听从我。

——《耶利米书》35:2,8—10,16

今日小组及团契的工作比往日都来得普遍。小组能为人类及其心灵作最有效的奋斗,更为真理提供了最有效的见证。这真理是人迫切追寻的,但却是目前所极缺乏的。因为唯有这种小组及团契能够掌握非科技性和非大量生产过程的东西,也就是对智慧的喜爱及这爱所散发出的悟性及信赖。这种看不见的光芒会延续不断,小组在精神领域所产生的力量和物质世界的原子分裂及微观物理学的奇迹,具有同样不可思议的能力。

——马里顿(Jacques Maritain)①

众口铄金。人愈多,真实的成分就愈少。诚实不会因为数目增多而强化,我们很容易就可以验证这个说法,只要比较以下哪种承诺最容易持守:是一个政治家对万人所做的承诺,还是两位朋友之间相许的诺言呢?

虽然我们由日常的经验中,就能知道以群体数量来分辨及反映真理是靠不住的。但奇怪的是,大多数的人依然看重数字。一本书的销量若达到一百万册,似乎就肯定了这本书的重要性。多数人对某种道德行为的协定,就使它合法化。因此只要群众认可,就算是资格的肯定。然而只要我们思考一下基本的历史知识,就能深深知道真理并不能以统计数字涵盖。在众人之下,真理被视为一种口号;即使是活生生的事实,也难逃贬抑和扭曲的命运。人群使我们成为被动的旁观者,使我们对卓越及美好的事物无动于

---

① 马里顿(1882—1973),法国天主教哲学家。引文出自他的 *The Peasant of the Garonne*(New York:Holt,Rinehant and Winston,1968),p. 172.

衷;人群又使我们成为盲目的消费者,对逼近我们的事物都毫无选择地接受。如此一来,使我们身为人类的基本要素——创造力、追求完美的动力、与神交流的能力——都萎缩了。

当然,活在人群中并没有错,而且这是免不了的。假使我想看一些技艺超群的运动员比赛,而另外五万人也想看,那么我势必得成为这群人之一;不过,这倒也无损于我个人的生活。但假使在观赏之余,我学着大家说难听的话,又模仿他们的动作(因为五万人一定是对的),那么,我的生活就被扭曲了。身在群众中是免不了的,但我们是否能不受其左右,是否能不同流合污、不行尸走肉呢?

不受群众支配

耶利米大半生都和群众相处在一起。他不像许多在荒郊野外的先知,过着孤独而质朴的生活;他是一个都市人。他每日走在人来人往的街道上,又经常和众人聚集在圣殿里,然而他却没有受人群控制。他所传讲的信息并未受群众的支配,他的价值观亦不曾被他们改变。他也从未征询众人的意见,投他人的喜好。

是神塑造了他的行为,是神指引着他的生活,并锻炼他对事物的认知,而这些过程就发生在他聆听神的话以及他向神祷告的时候。他是这般热切地思考神的话,且由内心深处发出回应:“我便心里觉得似乎有烧着的火,闭塞在我骨中,我就含忍不住,不能自禁。”(耶 20:9)

耶利米想得到神应许的每一件事,他急欲参与神的作为。他心灵中那股强烈的感情以及说预言的激情占据了他整个人。性格酷似耶利米的索伦·克尔凯郭尔曾说他是:“独一无二的人。”

有时,当我们面对一个相当优秀的人,就会油然生起一股见贤思齐的冲劲;看见一位运动员的卓越表现,心中就跃跃欲试,希望自己也能达到那种水准;听到一位音乐家的演奏,便决心不再容忍生活中任何草率、丑陋的事;看见别人满怀勇气和热情而活,便决心也要寻求内心的至善。然而在其他时候,我们却畏惧了,自以为不论多么努力,也无法达到那种生活的境界;相形之下,我们的缺点便完全暴露出来。于是我们只好去适应生活,勉强凑合过去就算了。这么一来,便没有人把艺术家、运动家和圣人视为达到这种境界的实例了,而只把他们视为懒人和游手好闲的人观赏、消遣的对象。

这就是耶利米在耶路撒冷所遭到的命运。群众都与他保持距离,尽量避免和他有任何接触。其实他们明白耶利米所说的,或许对他的生活方式还很赞佩呢!但他们的自我意识却受到群体的影响。他们不是不信神,只是认为自己没有资格过那种奋发向善的生活。

然而,圣经一再强调,一个拥有神生命的人并不需要具备特殊才能——某种程度的智慧、道德,或特别的宗教经历。“我不属宗教类型”的论调其实是讲不通的,事实上,并没有所谓的“宗教类型”。人就是人,只不过每个个体与神所建立的关系都是相当个别且具有永恒性的。

到底怎样才能使生活散漫、放纵无度的人,开始去追寻一种极致的生活,使他们成为生活的艺术家,全然投入生活而不在周遭徘徊呢?

利甲族

有一天，耶路撒冷的街道上出现了一批陌生人，就是利甲人。这族人原是住在帐棚里过着流浪的生活，以制造铁器为生（包括战车及其他武器）。当他们行经某一城市或乡村时，当地的居民就将需要修补的铁器交给他们。除了工作上的需要之外，利甲人从不与外人来往，他们一直是独居的小群体。

利甲人的祖先，可上溯至二百五十年前耶户时代利甲的儿子约拿达。利甲人对于这种纪律的生活，以及恪遵祖先命令的特殊身份，曾加以说明："凡我们先祖利甲的儿子约拿达所吩咐我们的话，我们都听从了。我们和我们的妻子儿女，一生的年日都不喝酒，也不盖房居住，也没有葡萄园、田地和种子；但住帐棚，听从我们祖先约拿达的话，照他所吩咐我们的去行。"（耶35:8—10）

以制造铁器为生的人，必定得牢牢守住许多职业技术上的秘传；而"言多必失"这句名言，促使他们滴酒不沾。古代的冶金家按例总有很长的族谱来夸耀其家室，且禁止与外族通婚。他们必须善用祖先们刻意保护、代代相传下来的专门技术和知识。基于工作的性质，他们无法长久定居一处，顶多在一处停留数月至数年，直到当地的原料和燃料用尽为止。由于他们工作上需要的特殊技术和长期训练，他们也无暇发展农业。

巴比伦入侵犹大，造成边境地区的不安，因此利甲人便进到耶路撒冷城内避难。他们的与众不同，引起了城内居民的好奇和议论，于是两三天内，即使不曾看过利甲人的居民，也早已听说有关他们的事了。

午餐的邀请

然后,“神的话临到耶利米……‘你去见利甲族的人,和他们说话,领他们进入耶和华殿的一间屋子,给他们酒喝。’”(耶35:1—2)

众所周知,利甲人是不喝酒的。那么为何邀请他们赴这样一个酒会呢?耶利米想了一会儿,然后顿悟了过来。这是当然的!受群众左右的人所认为的两件不可能的事,如今刚好借着在耶路撒冷的这批利甲人印证出来:普通人也能终其一生遵循某个人的命令而活(不是受群体的压力),并始终持守一种独特的生活方式(不是去迎合大众的潮流)。其实人们早就注意到这些利甲人——他们怎么可能错过呢!现在如果能让他们知道使利甲人分别出来的原因,那么犹太人也可能会明白,他们要拥有自己独特的身份和纪律也是可能的。

想到这里,耶利米便着手预备去了。他选了圣殿旁一间可以由外面看到里面的屋子,在桌上摆了酒壶及大酒杯,准备邀请利甲人来午餐——当然人不能太多,大概十五到二十人。

一个有戒律的民族

耶利米经常利用生活上的实例来引发人对神的注意。有一天,他在市场买了一件精致的衣服,就是适合在婚礼或宗教庆典上穿的衣服。我想,耶利米一定花了许多时间与店主讲价(这种现象在中东地区,并不稀奇),以便让许多人知道这件事,然后这些传言自然会传开:“耶利米买那么华丽的衣服干什么?是为了什么特别的事吗？还是受到谁的邀请呢？”于是，耶利米就表演了一场戏：他把这件新衣揉成一团，塞进一个石缝中藏起来，等到下次要穿的时候再来拿。当他以后来拿时，衣服早已因风吹、日晒以及虫蛀而损坏了。

人们从这件事领悟了一个道理：以色列就像这件精致的衣服，神想要拿她来穿，但她却没有准备好为神使用。她宁可过一种平凡的生活，于是将自己揉起来塞进毫无风险的僵化生活里，而无视神用高价购买她的目的。总有一天，它会发现自己发霉、腐烂、一无用处（耶 13）。

又有一次，耶利米肩上负着一个轭，蹒跚地走在耶路撒冷的街道上。他边走边对周围的人说：不久他们将在巴比伦的统治下，受到如此奴隶般的对待，他们应该要习惯，因为这比被杀要好得太多了（耶 27—28）。

这天是耶利米宴请利甲人的日子，耶利米与他们同坐一桌。耶利米这位殷勤的主人，举起面前的酒杯说道：来！干杯！

利甲人有没有喝呢？他们有否为了不冒犯这位新朋友，而放弃了他们一向持守的戒律呢？他们是否明白自己正身处战况，须顺人者昌，而拂逆主人的好意就是失礼呢？他们是否向现实低头，享用了桌上的酒菜，以示对主人盛情款待的感激呢？

正如耶利米所料，他们没有。“他们却说，‘我们不喝酒，因为我们先祖利甲的儿子约拿达曾吩咐我们永不可喝酒。’”（耶 35：6）利甲人的生活方式并非历史环境造成的，乃是由于长久不渝的献身所致；他们的身份得自远古的命令，而非潮流的牵引。先祖的告诫不但塑造他们，而且保留了他们身为优秀铁匠所引以为傲的传统，故不论是主人的热情款待，或是这个城市的习俗，都不能使他们脱离最根本的原则：他们乃是一个有戒律的民族。约拿达二百五十年前所下的命令，要比耶利米短暂的友谊重要多了；使他们保有这个专门技术的纪律，也远比与新邻居建立和谐的关系来得重要。

与神联合的生活

现在，耶利米不但有话要对众人说，而且也已经引起了他们的注意。“耶和华说，你们不受教训，不听从我的话吗？利甲的儿子约拿达所吩咐他子孙不可喝酒的话，他们已经遵守，直到今日也不喝酒，因为他们听从先祖的吩咐。我一直不断地警戒你们，你们却不听从我。……利甲的儿子约拿达的子孙能遵守先人所吩咐他们的命，这百姓却没有听从我。”（耶 35:13—14、16）

注意，耶利米并没有说：“你们必须卖掉房子，住在帐棚；必须放弃你们的葡萄园，去旷野流浪；必须戒酒，只喝水。”利甲人并非专注这些细节而活，而是为谨守一个命令而活，且活得相当一致。

耶利米这篇信息的主题是要百姓知道：你们也有一位曾经这样吩咐你们，要你们的生活完全与他联系在一起的父亲，你们也知道他已赐下一种爱的生活。为何你们不接受呢？若你们以为这根本是一般人所做不到的，那么就想想利甲人吧！他们也是人，但是却能照这种方式生活二百五十年之久。你们也有属于自己的生活方式以某种纪律来维系其特质，这些纪律能使你们拥有以下的生活方式：不间断的崇拜，忠诚的祈祷，顾念穷人，行为合乎道德以及追求公义。现在，你们为何不去做呢？

耶利米告诉以色列百姓：不要只是盯着利甲人看，而要注意他们与众不同的地方；不要把他们当做消遣品，而要把他们视为榜样。因为他们的缘故，才能使你们看出自己的生活是多么败坏、无意义——其实你们能活得更好。你们的问题不是出在无能，而是出在懒惰。耶路撒冷的每一个人都能在自觉的情况下活出神儿女的形象，且在维系信仰生活的特殊纪律上操练自己。然而你们却随众人沉沦，将最可贵的东西——神的话——弃如敝履，而让毫无意义的闲话盈耳；你们离弃了虔敬的行为，却被群众无聊的举动所牵引，终至丧失人性。

你们为何不让神的命令在你们心中永存，去过一种神圣的生活，反而让自己坠入懒散而不负责任的境遇中呢？"利甲的儿子约拿达的子孙能遵守先人所吩咐他们的命，这百姓却没有听从我。"

愈大反而愈小

耶利米极不赞成我们在从事明确的职业时——即从事由群众塑造及认可而成为我们生活的职业时——所采取的轻率态度。一位纽约的哲学家威廉·巴瑞特(William Barrett)也提出反对的理由，他说："现代文明已将人类的物质水准提升到过去所想象不到的地步，但这是否为人带来更多的快乐？以大多数的现代文学来评估，我们得到的答案是否定的，甚至就某些方面而言，刚好相反。"①

---

① William Barrett, *The Illusion of Technique* (Garden City, N. Y.: Anchor Press/Doubleday, 1978), p. 219.

我们社会的道德水准是很丢人的，文化的精神整合也处于困境。不论是生活的哪个方面，一旦附会群众，必将损及生活本身及个人。群体愈大，我们的生命就愈缩小。普利尼长老曾经说过，当罗马人造不出漂亮的建筑时，就把它建得很大。这种惯例至今依然普遍：假使没法子做得好，就做大一点。我们尽量提高收入，增加住屋的空间，时间表上排满了活动，约会也不断增多，然而生活的本质却相对萎缩了。

而在圣经观点下，每当我们将一部分生活从群众中抽出，转而回应神的呼召，就能更恢复自己的本性；每当我们拒绝接受群体的模式，转而操练信心的戒律，就会活得更有活力。

12

写给被掳者的信

万军之耶和华以色列的神,对一切被掳去的,就是我使他们从耶路撒冷被掳到巴比伦的人,如此说:你们要盖造房屋住在其中,栽种田园吃其中所产的。娶妻生儿女……我所使你们被掳到的那城,你们要为那城求平安,为那城祷告耶和华,因为那城得平安,你们也随着得平安。……不要被你们中间的先知和占卜的诱惑,也不要听信自己所作的梦,因为他们托我的名对你们说假预言,我并没有差遣他们。这是耶和华说的。……

耶和华说:我知道我向你们所怀的意念,是赐平安的意念,不是降灾祸的意念,要叫你们末后有指望。你们要呼求我、祷告我,我就应允你们。你们寻求我,若专心寻求我,就必寻见。

——《耶利米书》29:4—13

耶稣基督认为人类的人格应该获得最健全的发展,使其更具能力。他关心这件事实不亚于尼采,而他们之间的区别在于人获得自我及其资源所凭借的道德规范——一种是借着对自我的维护,另一种则是放弃自我。其实我们的人格只有落实在现实上,并在实际生活中服务人群,才得以完全实现。孤立意味着封闭;而过度自我中心的人,由于其真实的人格受到阻碍,必定会走向道德毁灭之途。唯有在社会生活、责任与怜悯的前提下,才能塑造出真正有品格的人。若问:像这样一个粗鲁、不完全、不道德甚至猥亵的社会,如何塑造出真正有道德的人?这就是耶稣基督要来到世上,拯救凡信靠他的人的原因了。

——福赛斯(Peter T. Forsyth)①

被掳是件可怕的事。人对自我的认定大半取决于所处的环境以及接触到的人。当这两者骤然改变时,我们立刻会问:我们到底是谁?以往用来判断自我价值和重要性的方式一下子失去了,使我们觉得生活毫无意义。我们没有容身之处,也没有人对我们寄予期望,我们是多余的。

以色列人被掳到巴比伦是公元前587年的事。这块神曾经应许赐给以色列人的地方,他们也一度生活,并承受为地业的土地,如今已落入巴比伦人手中。在不得已的情况下,以色列人离开出

① Peter T. Forsyth, *Positive Preaching and the Modern Mind* (London: Independent Press Ltd., 1907), pp. 178—79.

生的家园，横越阿拉伯的沙漠，被掳到巴比伦。在陌生的异域，不但风俗习惯迥异、语言不通，而且放眼望去，景物平淡无奇、毫无变化；此外，周围所见也尽是生疏的面孔。

以色列的被掳是人类历史中较极端的例子：因为从外在环境来看，我们即使从未离开自己的地方，但心灵也可能有被放逐异域的感受。人一出母腹，便注定要在这陌生而冷酷的世界中生存；年少即得离家，到要求严格的学校中寻找自我；而后又得离开学校、步入社会，在工作中尽量发挥自己；或者还得离乡背井，到别的地方寻求发展。

这些大大小小的流放经历，随着社会、政局和价值观的改变，以及身体、情绪、家庭及婚姻的改变而持续不断地变化。我们对于原本的环境和面孔还未熟悉，就又得接触新的环境和人事，于是我们始终没有家的感觉，只是“在外邦寄居的人”。

流放的本意就是不能住在自己熟悉、喜欢的地方，而被迫到另一地方去。流放会产生一种与其他事物脱节的经验。经年累月由家所培养出的动作、习惯、礼仪、言词，都不复存在了；硬生生地与所熟悉的事物隔绝，然后投入一个全然陌生的环境中。虽然新环境的生活水准可能较高，气候可能比较宜人，但它毕竟比不上家啊！

然而处在异地的陌生感，却将新的事实呈现在我们面前。任何意外、不幸以及灾难，都能使人类更深地了解现实世界的多变，令人无法掌握。当人在痛苦与孤立中时，会油然生起一股自在感。

虚假的梦

以色列人被掳的理由十分明显，耶利米和别的先知也早已提醒他们,国家的安定取决于他们对神的信心,然而他们不听。终于,巴比伦的军队来到,一举将城攻下。征服耶路撒冷之后,巴比伦人便把城内具有影响力的人挑出,准备掳到巴比伦,目的是除掉旧势力。如此一来,剩下的以色列人就只有乖乖听命于傀儡王及占领军,而不会采取反抗行动了。奇妙的是,耶利米竟然没有被敌人挑上!长久以来,他自己的同胞早已不视他为领袖,或许巴比伦人也不认为有俘虏他的必要。

而那些被掳走的人会怎么想呢?假使我们处在类似的情况中,在一个自己讨厌的地方,和一群讨厌的人长期生活,我们一定很难掩饰自己的感受。他们也是一样,不时地抱怨:"可怕的事临到我们了,这实在不公平!我们虽然不好,但绝不比其他人糟。如今我们要死在荒芜的异域,别人却在耶路撒冷悠然地过日子,这是为什么?我们不懂异地的语言,不喜欢异地的食物;巴比伦人举止粗野,学校的水准又差;土地荒凉,天气燥热,庙宇充满了污秽的事,使我们无处敬拜神。"他们拼命抱怨眼前的生活环境,渴望回到耶路撒冷——也就是陷在罗勃逊·戴维斯所谓的"娼妓情结(感)"①的自怜中。

他们这种自怜的心理,却得到和他们一起被掳的宗教领袖亚哈、西底家和示玛雅的支持。这些先知激起百姓对处境的更多不满:"是啊,我们必须恢复在耶路撒冷的宗教崇拜。的确有太多人在耶路撒冷享福,而我们却在这里受苦。不过我们再忍耐一下,就可以回去了。是的,目前的情况是不可能持续太久

---

① Robertson Davies, *Rebel Angels*(New York:Viking Press,1981), p.326.

的。我们中间没有人该遭到这种报应;正义将会战胜一切。”他们向百姓述说神在梦中给他们的启示,透露被掳的日子将很快结束。

这三位先知的假话,不但使百姓对生活更加不满,更严重地损及以色列人的生活实质。因为一旦他们抱定随时可能回家的念头,就不可能在巴比伦勤奋度日:既然最后还是要离开,那么这段期间的人际关系就不重要了,反正和这些人相处的时间也不会太久!何必费心去耕种?或许在收成之前我们就可以回家了!何必学习当地的文化呢?那真是既费时又费力啊!又何必苦苦遵守婚姻和家庭规范?现在放纵些,等回到耶路撒冷过真正的家庭生活时,再来遵守也不迟!这些先知的话把人们的自怜导向神经质的妄想。那些乐得以宗教为由而懒散下来的人,最后变成了社会的寄生虫,忽视了人际关系,漠视了现实生活中真实的一面。

来自耶利米的信

有一天,在被掳的以色列人中出现了两个从耶路撒冷来的信差,他们本是为着公事,带消息给巴比伦王的,顺便借这机会探望一下自己的同胞。他们的到来,使空气中洋溢着兴奋的气氛,而每个以色列人也不禁好奇地想问:“他们来此到底是为着什么事呢?”这两个信差以利亚萨和基玛利,示意要大家安静,原来他们带来一封耶利米写给这批被掳同胞的信,信上说:

“万军之耶和华,以色列的神,对一切被掳去的,就是我使他们从耶路撒冷被掳到巴比伦的人,如此说:你们要盖造房屋住在其中，栽种田园吃其中所产的。娶妻生儿女……要为那城求平安，为那城祷告耶和华……不要被你们中间的先知和占卜的诱惑，也不要听信自己所做的梦，因为他们托我的名对你们说假预言。”

“要盖造房屋住在其中。”不是搭个帐篷住住就算了，因为这里就是你的家。或许你不喜欢，但它却是一个可以扎根、养成习惯，进而增进你生活的最佳环境。如果你只是呆坐着等待回耶路撒冷的日子，那么目前的生活将是一片空虚。其实眼前的事物，与你过去在耶路撒冷或是将来回去以后的情况，是一样弥足珍惜的。被掳到此，并不是你们自己的选择，而是迫不得已的。既然如此，就应该竭尽所能盖间屋子，然后安居下来。

“栽种田园吃其中所产的。”要配合季节，勤奋耕作，自食其力，绝不要做社会的寄生虫。要去学习当地的灌溉方式以及农业技术，学一些当地的烹调。

“娶妻生儿女。”不要轻视目前和你们住在一起的当地人，也不要自觉卑微；其实你们是平等的，彼此可以建立起亲密而可信的关系。如果你始终与他们保持距离，就不能讨神喜悦。他们也是属神的子民，这是你们的共同点。尤其是信徒，更应该尽力增进人与人之间的沟通、信赖与了解。

“我使你们被掳到的那城，你们要为那城求平安，为那城祷告耶和华，因为那城得平安，你们也随着得平安。”平安在希伯来语里叫 *shalom*，有完整、平安的意思。为着神的缘故，让自己投入这块土地吧！因为在此你们能找到自我。要祷告，寻求神彰显旨意，并从此活出新的生命。

耶利米的这封信，是责难，也是一项挑战：不要只坐着自怜。有信仰的人不应该只想到舒适安逸，而应该活得完全、活得实在——接触生活的真实面，发掘真理、创造美、行出爱来。以往在耶路撒冷你们并没有这么做，如今何不在巴比伦试试看呢？不要听信那几个先知的谎言，他们只是靠贩卖不实的希望苟且维生。你们要好好努力，不要坐待奇迹。要建造房屋、栽种田园、结婚生子，为巴比伦向神祈福。因为目前的环境——你们居住的房屋，相处的家人，手边的工作，生活的气候条件——正是唯一需要你们展现人格的时刻，也是你们必须靠信心来生活的唯一时机。

尽力活得更好

放逐的经验（和自己不喜欢的人，生活在令人讨厌的地方）迫使我们必须有所抉择：是要将注意力集中在周遭的环境上而自怜，还是要全心放在如何把握现实环境，好好生活呢？抱怨显然比埋首奋斗来得容易。乔治·艾略特（George Eliot）在她的小说《费利克斯·霍尔特》中，对此问题有很独到的评论："他说，事情都错了，这实在是个大问题。然而，他想把事情搞好吗？我看未必。他已经把话题扯到别处去了。"

我们每天都会面临类似的抉择。

或说："我不喜欢这里，我要回去！你怎能期望我投入一个没有未来的地方呢？和一群自己一点也不喜欢的人攀关系、建立友谊，最后搞得焦头烂额，有什么意义？"

或说："我将为此地的一切尽力。我的神难道不比外在的环境条件重要得多！他与我同在。我站在他创造的土地上，又活在他所爱的人当中;不论身在何处,都可以照神的意思活出来。我因不知道周围的路线而感到害怕,要与陌生人培养感情、建立关系也都有困难,但假使这就是身为一个人所该奋斗的,那么,我就要试试看!”

弗那隆(Fenelon)习惯把人分为两类:一种人只知抱怨生活不足,另一种人则对自己所拥有的一切欢喜领受。① 我们活着,到底是要专注在自己所没有的事物上,还是专注自己已有的而继续奋斗呢?

邀请与应许

耶利米这封信里出现了不少责备和建议,但其中也包含了邀请与应许:“神说:我的计划对你们是有益无害的,它带给你们一个充满希望的未来。你向我祷告,我就听你;你若专心寻求我,就必寻见。”

这番话却有人听不进去,这些人也包括了前面提到的那三位先知,他们甚至对耶利米非常生气。示玛雅便写了一封言词尖锐的信给耶路撒冷的大祭司西番雅,说:“你不能把耶利米关起来吗?还要让这个狂人胡言乱语多久呢?他甚至写信告诉我们:被掳的日子还长得很呢!你晓得这样的话对我们将产生什么影响?如果以色列人渐渐开始将巴比伦当成自己的家园,我们就永远回不了耶路撒冷了。为何你还不惩罚他呢?”(耶29:24—28)

---

① 弗那隆的原话是:“罪人总想要他们缺乏的,爱神的人却只要他们所有的。”转引自 Thomas Merton, *Conjectures of a Guilty Bystander* (Garden City, N.Y.: Image/Doubleday, 1968), p.285.

然而，大多数人都肯接受这番话。由于被俘的缘故，以色列人的生活处处出现不协调，这种现象促使他们开始“探索”。于是他们安静下来，希望能明白被掳到巴比伦的用意何在。由于他们的觉醒，致使这段时期成为希伯来历史中最有创造力的时期。以色列人非但没有失去原本的身份，反而寻得了自我；他们更知道如何深刻、诚挚地向神祷告。他们急切地把摩西和众先知的大启示抄录下来，加以思索，逐渐发现圣经是如此丰富的宝藏。他们也发现，原来神根本不受环境的局限。被俘所带来的震撼，使他们从美梦中惊醒，反而使他们的视野比以前更深、更广。塞翁失马，焉知非福！他们虽失去了一些，但却得到最宝贝的——神自己。

不幸的遭遇剥去了以色列人生活的外壳，显出他们内心的虚空，使他们知道人不能再单靠食物活下去，神的话是不可少的。他们明白这种生命的改变只能发生在实际生活中，因此，当耶利米指示他们在巴比伦建造房屋、栽种田园、结婚生子时，并未遭到他们的误解；只要不被生活的担子和例行公事所窒息，即使在异地生活，也可以不受影响。他们一面祷告，一面寻求，终于有了结果：他们领悟到了生活的内涵，对于那些渴望别人关心和聆听的人也能有所回应。

被掳“对以色列人的信心是一项严厉的考验”。以色列人原以为已经被推到生命的死角，如今却发现他们处在生命中的中心点，而神就在那里。他们所经历的一切，都变为丰盛无比的生命。

“然而灾难对人类似乎是有益的。这真是令人难以置信！”当不必要的被去掉之后，真正重要的便显出来——就是神。的确，生活中尽是叫人分心及无关紧要的事，又有无穷的大灾难：颠沛流离、疾病、意外、骤然失去一切、离别、死亡。生命无时无刻不在变动，根本无法掌握，我们再也没有所谓的家了。

人一生中或多或少都会遭遇这种被放逐的经验。换成我们会怎么做呢？是抱怨？还是以幻想来逃避、以药物来麻痹自己？其实，唯有透过痛苦的经验才能使人认清一切，才能得到那真正重要的，就是全心寻求神。

13

守门官、国王、太监

他到了便雅悯门那里，有守门官名叫伊利雅，是哈拿尼亚的孙子，示利米雅的儿子，他就拿住先知耶利米，说："你是投降迦勒底人哪。"……

耶利米来到狱中，进入牢房，在那里囚了多日。西底家王打发人提出他来，在自己的宫内私下问他说："从耶和华有什么话临到没有？"……

在王宫的太监，古实人以伯米勒，听见他们将耶利米下了牢狱，以伯米勒就……对王说："主我的王啊，这些人向先知耶利米一味地行恶，将他下在牢狱中；他在那里必因饥饿而死。"……于是以伯米勒……用绳子将耶利米从牢狱里拉上来。

——《耶利米书》37:13，16—17，38:7—13

我必须指出我无法忍受时下流行着类似于"我是谁?"(Who am I?)的专门术语。除非人处在有点病态的情况,或是正在作一种创造性的自我省察,也可能是两者兼具的一种类似青春期的矛盾心态中,否则没有人会向自己提出这个问题。因此,有时我问一个口口声声说他正处在"认同危机"中的学生,究竟他是在抱怨、还是在炫耀?若这个问题要以第一人称的口气提出,恰当的说法应是:"我想成为怎样的人?而我又必须从事怎样的工作?"

——埃里克森(Erik H. Erikson)①

历史书上记载的人物大都如稍纵即逝的光影,照亮了某一时期,随即被人遗忘了。多少人还记得十年前担任国务卿(这毫无疑问是举世瞩目的职位之一)的是谁?又有谁能说出五年前最畅销的作家是谁?然而,的确也有少数人,其重要性非但没有随时间而减退,反而历久弥新。原因是他们不仅身为某个有名的角色,或者与某件大事有所关联,而且是他们是地地道道的一个人。套用布莱克默(R. P. Blackmur)的话说,这批人"显示出一股坚持而旺盛的吸引力和影响力。气量狭小的人好比一堆有待铲平的土墩,但这等人则是一座可由四面八方挖掘的矿山。"②

---

① 埃里克森(1902—1994),美国著名精神病医师,新精神分析派的代表人物。引文摘自他的 *Identity, Youth and Crisis* (New York: W. W. Norton and Co., 1968), p. 314.

② R. P. Blackmur, *Henry Adams* (New York: Harcourt Brace Jovanovich, 1980), p. 3

耶利米就是这么一座蕴藏丰富的宝山，他不但成为那时代的灵魂人物，也切实地投入其中。耶利米所处的时代有如人体的神经中枢，由此发出的末梢神经伸向人类存在的各个方向：哲学、宗教、政治、艺术。而中国、印度、以色列和古希腊，则为宇宙历史奠下了基础。雅斯贝尔斯（Karl Jaspers）形容那个世纪为“轴心时代”（Achsenzeit）。①

耶利米成为众人的话柄：他的神学观念、宗教意识、雄辩能力、感情波动、处事之勇，凡此种种皆在历史上树立了标帜。但信徒对耶利米的兴趣，主要并不在于他的历史性冲击，而在于他本身的动向。

能名留千史的人只有少数，但每个人都有可能成为完全的人。当你清理一堆垃圾时，是否会像在签署一份和平条约那样郑重其事？在厨房处理家务时是否会像在一场全国性的电视辩论赛中一样表现出优雅的风度呢？

我认识一个人，他有一副威风凛凛的相貌，只要是他说的话，别人都很重视。他的举止彬彬有礼，在穿着上也很得体。然而他的秘书却常常因为受不了他的专横而掉眼泪。在公共场合上，他的形象毫无缺点，但私底下却专横得不可理喻，人际关系也一塌糊涂。

那么，耶利米是如何与人相处的呢？除了在传讲信息、引述神谕时与人面对面之外，与他相处是什么情形呢？经过几个世纪的

---

① 雅斯贝尔斯认为公元前 800 至公元前 200 年间，是人类文明的“轴心时代”：如中国的孔子和老子，印度的释迦牟尼，古希腊的苏格拉底和柏拉图以及犹太的众先知。——编注

考察，我们可以肯定的是，在复杂而又不断发展的人格意识中，耶利米具有真正的人格；由他所接触的人那里可以得到验证，这更加强了我们对他“完整人格”的评估，马斯洛（Abraham Maslow）道出了这一般人难以洞悉的天命①。

耶利米书37—39章记载了一件决定性的历史事件，使犹大国完全改变了。令人震惊的事件层出不穷，而耶利米则身处其中。即使他并未明显地涉及事情的关键，却与这段记载中出现的重要人物有很大的关联。凡是有信心的生命，不论显著与否，都要透过经常接触的人及环境，才能表现出来。对耶利米而言，有三个人是相当重要的：守门官伊利雅、国王西底家和太监以伯米勒。

守门官伊利雅

耶路撒冷就要被巴比伦人攻陷了。耶利米早就告诉以色列人这是来自上帝的审判，他们应该接受并且顺服，因为他们犯了罪。而审判是神拯救他们的方式。

然而，以色列人不喜欢听这些话，他们想尽法子要逃避审判的事实，并不去想对、错、罪、不负责任等的问题，反而论及忠与不忠，妄图以爱国主义来混淆道德意识：“国家如今正遭到外人攻击，我们更应表现出忠贞的态度。在这紧要关头还批评领导人，实在是错误、不忠诚的一种叛逆行为！”

高唱坚决抗敌的论调比为伸张国家的正义而肩负起责任要容

① 马斯洛（1908—1970），美国人本主义心理学家，以需求层次理论为世人熟悉。见 Abraham Maslow, *The Father Reaches of Human Nature*（New York：Viking Press，1971），p. xvi.

易多了,大喊爱国口号比怀着满腔爱国热忱、为正义效命要轻松多了。

一天,耶利米要出城,去三英里外的故乡亚拿突,却被守门者伊利雅以要投降敌人为由逮捕了。耶利米长大之后就一直住在耶路撒冷,三十多年来早已成了家喻户晓的人物:他是约西亚王忠实的朋友和参谋。他从不否认自己是犹太人,也从不逃避任何应尽的义务。凡认识他的人都知道,他绝不是一个冷眼旁观却又喜好批评的人,也不是一个四处传道却又叛离国家的人;他乃是一个苦闷的先知先觉者。

伊利雅将耶利米交给官员,他们打了他之后,便把他囚禁起来。显然,他们早就伺机要抓他了。伊利雅是个利用职权逃避责任的人。说得难听点,他是个官僚,是个躲在规律和特权背后行事,却毁灭他人的人。他做事根本不考虑道德、公义、神及人。我们也常会遇上这种人,像那些隐在重重规则、条例、秘书和委员背后,拒绝正眼瞧我们的公职人员。

伊利雅就像梅尔维尔(Melville)在他的小说《有信心的人》(*The Confidence Man*)中,以相当轻蔑的口气描写的"中立的人,恶人的走狗"。"你! 这么个中立的人,在坏事上或许能插上一手,但在好事上却派不上用场。"无疑,伊利雅会尽全力辩白,他个人并不反对耶利米,只是奉命行事而已。

类似的例子同样出现在20世纪,最著名的要算德国纳粹党谋杀六百万犹太人的关键人物阿道夫·艾希曼(Adolf Eichmann)。在耶路撒冷接受审判时,我们看出他显然一点也不反对犹太人,心里对他们也毫无恨意,他只是做他分内的工作,完全奉命行事罢了。汉娜·阿伦特(Hannah Arendt)①就特别以“平凡的罪恶”来形容他②。不知有多少罪恶就是来自这些看来似乎不可能的源头:安静、勤奋的小人物奉命执行一项任务。长久下来,他们早已不再思考行事为人所应有的责任和道德了。

耶利米执拗而有耐性地回答伊利雅,他并没有大声叱责,也没有咒诅和威胁,但他绝非忍气吞声、供人践踏的脚垫。他表明自己是无辜的,但仍尽量容忍,似乎要以平静来接受这种愚蠢的行为,并坚持他的使命。

国王西底家

西底家是巴比伦人指派的傀儡王。真正的王约雅斤,在公元前598年连同耶路撒冷城里大部分的王公贵族被掳走了,此后他的叔叔西底家被册立为王。他在位的十一年中常与耶利米论政,而以往耶利米就常和西底家的哥哥约西亚以及两个侄儿约雅敬、约雅斤过从甚密。西底家对耶利米的感觉是很复杂的,一方面敬重他的人格、佩服他的勇气,另一方面令西底家自己困窘的是,他常被一群阿谀奉承的人包围,而他也猜想到耶利米对这些人一定相当鄙视。

我们怀疑,巴比伦人指派个性软弱、优柔寡断的西底家来统治,可能正是看上他没有主见,极易顺从他们的命令这一点上。但他们却没料到,正因此西底家也会依着他身边任何人所出的主意

---

① 汉娜·阿伦特(1906—1975),原藉德国的政治理论家,二战期间以犹太难民身份移民美国。阿伦特以其关于极权主义的研究著称西方思想界。

② Hannah Arendt, *Eichmann in Jerusalem*(New York:Viking Press,1963).

而有所行动。巴比伦人离开之后,那些极端的爱国分子便提出他们的计谋:与埃及结盟,以便赶走巴比伦的势力。西底家轻易地采纳了这一计谋。虽然他有时受到了良心责备,会召耶利米前来,听听他的意见;然而先知的忠告却无法存留在他心中。西底家正像一株软绵绵的葵草,谁给他压力他就倒向谁;一旦压力除去,就又回复原状。他与耶利米恰恰相反:耶利米是透过内心顺服神、信靠神而屹立不摇,西底家却随环境的改变而时时改变自己的形象。

由西底家的例子看出,若缺乏人格的培养,即使是好的意图也没有用。仅凭一个念头想要完全,或求教于正直的先知、看最好的书,都不能使人变得完全。要想成为有原则、有人格、有内涵的人,则必须要将意图变为行动。

耶利米被逮捕并被关进地牢后,西底家暗中派人将他提出来,带到自己的宫内要问他话。他不敢公然地这么做,就是怕那些官员。但他也不敢忽视耶利米,唯恐他会收回重要的事实而不说出来。后来,耶利米又对百姓传讲信息,那些话激怒了官员,于是他们把耶利米丢进一个满是烂泥的井里。西底家对此也爱莫能助。

我们很难说西底家到底是好是坏,因为谁比较强,他就照谁的意思做。我们看不出他有预谋恶事的迹向,也未见他做过任何好事。善不是承袭王室的血统而来,也不会凭空产生;它需要细心调教、严格的训练和长期的培养。但西底家对此却毫无兴趣。他必定是耶利米一生中所遇到的最难相处的人之一:约西亚王是耶利米的亲密朋友,约雅敬却与他势不两立,而西底家王却两者都不是。此外,耶利米为见证神而表现出的坚持、果断,与那位国王的喜怒无常,简直大相径庭。

太监以伯米勒

当宫廷太监，古实人以伯米勒听到耶利米被囚的消息时，他心想，耶利米陷在满是淤泥的井里，若不赶紧救上来，一定活不久。于是，他赶忙跑去王宫向王陈情，并且得到了国王的许可，带了三个人，找到绳子和几件破衣服，一同前往耶利米被囚的地方。他们把绳子缒下去，又叫耶利米拿破衣服垫在腋下，免得拉他上来时绳子伤及他的皮肉。就这样，耶利米被救了上来。

虽然耶利米不是个受欢迎的人物，但也并非没有朋友。事实上在朋友之中，他还算是相当幸运的。大约二十年前，就是约雅敬在位时，耶利米差一点被杀，后来是沙番的儿子亚希甘出面调解，才救了他一命（耶 26:24）。巴录是耶利米的弟子兼秘书，他对耶利米忠心耿耿，与他同生死共患难。而太监以伯米勒也为他说情，使他不至于死在牢狱中。亨利·亚当斯说过这么一句话："人一生中能交到一个真正的朋友就够了；倘若有两个朋友，那算是很多了；若能有三个朋友则是十分难得的。"①而耶利米就有三个好朋友。

以伯米勒冒了生命的危险去救耶利米，这等于是反抗当时随战争气氛而愈趋紧张的舆论。但朋友毕竟是朋友，以伯米勒虽为耶利米的遭遇感伤，但并未沉溺在悲哀里，反而立即有所行动。他去见王，又带人拿着绳子，甚至还想到要找些破衣服为垫子，以免

① Henry Adams, *The Education of Henry Adams* (New York: Houghton Mifflin Co., 1918), p. 312.

绳子直接伤到朋友的身体。真挚的友谊透过实际的行动表露无疑。

在那些日子里,耶路撒冷的人不全是各管各的事,也不全是在舆论下行事。朋友还是比工作、利益都来得重要,值得为之冒险的。

耶利米有朋友这个简单的事实,正足以说明他需要朋友,而且他的人格发展相当健全。他并未因别人的仇恨或谄媚而拒绝别人的友谊;相反,他极能接纳别人的友谊和帮助。他惯于独处,但他也需要朋友。一个孤芳自赏的人是不可能健全的,也没有一个健全的人是自以为是的。分享友谊比接受友谊容易,因为在付出的同时,我们感受的是力量,但在接受的同时,却显出我们的软弱。一个人格成熟的人应该更能接纳别人的友谊。

那些触及耶利米生命的神学思想、历史影响和正义源头,从来都不是抽象的;它们皆与活生生的人物发生关联。耶利米从不把人贴上标签、分门别类,我们发现,耶利米书里提到的名字,比任何一卷先知书都来得多。

14

我买了亚拿突那块地

我便向我叔叔的儿子哈拿篾买了亚拿突的那块地，平了十七舍客勒银子给他。我在契上画押，将契封缄，又请见证人来，并用天平将银子平给他……因为万军之耶和华以色列的神如此说：将来在这地必有人再买房屋、田地和葡萄园。我将买契交给尼利亚的儿子巴录以后，便祷告耶和华说："主耶和华啊！你曾用大能和伸出来的膀臂创造天地，在你没有难成的事。……看哪，敌人已经来到，筑垒要攻取这城，城也因刀剑、饥荒、瘟疫，交在攻城的迦勒底人手中。你所说的话都成就了，你也看见了。主耶和华啊，你对我说：'要用银子为自己买那块地，又请见证人。'其实这城已交在迦勒底人手中了。"

耶和华的话临到耶利米说："我是耶和华，是凡有血气者的神，岂有我难成的事吗？……我怎样使这一切大祸临到这百姓，我也要照样使我所应许他们的一切福乐都临到他们。你们说，这地是荒凉、无人民、无牲畜，是交付迦勒底人手之地。……人必用银子买田地，在契上画押，将契封缄，请出见证人，因为我必使被掳的人归回。”

——《耶利米书》32:9—10，15—17，24—27，42—44

我可以把假花插在一棵不开花的树上，或者我也可以另外去创造有利于这棵树自然开花的各种条件。或许我必须等很久才能看到它开出花朵，然而这些花却是无比真实的。

——约翰·福尔斯(John Fowles)①

“切合实际”(practical)已经不再是一个普通中性的字眼，而是被视为一种美德。当我们谈到某人很实际，便是在赞美他；相反，若说某人不切实际，也就表示没有必要和他再谈下去。古老的美德，如正直、刚毅、爱与信心，如今都不足以维生；而这突然兴起的美德——实际——却成为我们最推崇的价值观。

美国人对这个(形容)词相当欣赏，而骨子里也的确很讲实际，如动作快捷，不浪费时间；做事有效率，不浪费精力；对于草率的计划根本不予考虑。我们不但尽力将事情完成，还能掌握事情的先机。假使某人达不到这些高标准，就会对做到的人推崇备至。在办事方面，我们美国人是领先世界的。

---

① John Fowles, *The Aristos* (Boston: Little, Brown and Co., 1964), p. 50.

合乎圣经与切合实际

我赞成以上的论调,其实圣经所阐释的信仰基本上也是很实际的。我们可以明确地说:合乎圣经与切合实际在本质上是同义的。若切合实际,就必定合乎圣经;若合乎圣经,则必定切合实际。圣经坚绝反对有碍于人类发挥所能的行为或思想。把神和创造一分为二,这想法是错的;再敬虔的祈祷或行为,若使人脱离现实,或令人无法适应,也都是虚假的。圣经无时无刻不在警告我们,要我们远离与现实生活脱节的甜言蜜语。真正的精神生活,无法脱离这个由物质组成、以金钱交易,且必须料理生活琐事的世界。

然而,当我赞同这种论调又发觉它十分合乎圣经时,却常常发现这论调中的"实际"和我原先认定的"切合实际"并不一致。在社会上我们热衷于实效,然而环绕周围的却是许多疑惑和无知。许多人就在这种困惑与无知中,过着极不踏实的生活,从事没有希望、不切实际的工作;但同时却又自以为是精明、合理、切合实际的人。

讲求实际的耶利米

耶利米是非常实际的人。他将所有的思想、信念都付诸行动,而其行动也均能切中目标。因此当时的历史,几乎就是他个人历史的投影。他曾经用十七舍克勒[①]银子买下一块地,当时的人认

① 舍客勒(shekel),旧约圣经时代的度量单位,用来秤金块和银块。一舍客勒约合11.2—12.2克。

为他是个不切实际的傻瓜，殊不知这正是他做过的最实际的事。

耶利米切合实际的性格与他周围不切实际的人常常有冲突。他深信宇宙的被造是为着不停地运转和更新，故此，这是一个相当实际的宇宙。每一事物都很重要，而发生于这些事物上的一切，包括人类、自然景物和其他事，也都非常重要。倘若事情没有进展，或人本身的生活败坏，这都是对神的侮辱。若空有一副崇拜的姿态，却缺乏对神的虔敬，就是很可悲的。若我们周遭的穷人和不幸者被人残酷地剥削，就等于把这世界的伤口暴露出来。

耶利米对实际的观念，是基于他相信神是全人类必须面对的最重要实体。他相信人受造的目的，是要与神连合；若失去这种关系，人就是活在虚假中，根本谈不上实际。人虽尝试凭自己的努力为善，但却无法办到。浪费我们渺小的生命着实令人心悸，也令耶利米感到厌恶。如此生活的结果，注定会失败。“在净光的高处听见人声，就是以色列人哭泣恳求之声，乃因他们走弯曲之道，忘记耶和华他们的神。‘你们这背道的儿女啊，回来罢，我要医治你们背道的病。’”（耶 3:21—22）真实是容不下虚假的。考文垂·巴特摩尔（Coventry Patmore）警告说，大自然包括人类在内“是不容任何绝对、持续的抵触；必须要改变她，而不是向她动粗”①。

由于以色列人轻看耶利米的话，于是神的审判终于临到。巴比伦的军队攻下了耶路撒冷，并且俘虏了城中的领袖。以后的十一年间（公元前 598—前 587 年），留在耶路撒冷的以色列人虽然

---

① 巴特摩尔（1823—1896），英国诗人和评论家。选自 *The Rod, the Root and the Flower*（Freeport, N.Y.: Books for Libraries Press, 1968）. p. 52.

有某种程度上的个人自由,在政治上却必须臣服于巴比伦。在此种情况下,他们本可以相安无事地过日子,但经过数年的动乱和不安,以色列人却计划和埃及结盟,以摆脱巴比伦的束缚。然而事情却没有成功,反而引起巴比伦人的报复。埃及人眼看无利可图,便撒手不管了。犹大在军力上根本无法和巴比伦相比,眼看着敌人就要来报复、要洗劫耶路撒冷、把城里所有的人都掳走。这真是犹大历史上最黑暗的时期。

在此期间,耶利米正以通敌的罪名被拘禁。通敌虽不是事实,但由于他在当时极不受人欢迎,或许人们认为还是把他关起来比较恰当。就在此时——我们必须想象他是被软禁在宫里,而且别人可以随时接近他,与他谈话——耶利米做了一件在当时看来显然是十分疯狂的事:他用十七舍客勒银子买下了一块地。

这简直是疯狂!敌人就准备要攻城了,而他本人仍被拘禁着,却买下一块地——一块他永远用不上,甚至看都看不到的一块地。

他为什么要这么做呢?耶利米当然有他的理由:因为他确信神就要将他们救赎出来。对耶利米而言,最重要的事实并不是巴比伦人在亚拿突扎营(虽然这是无法否认的事实),而是神就要使用这地方来成就他的应许。他买下那块地,就是在神计划的事上投资;而就我们目前所知,这确实是一项划算的投资。切斯特顿(Chesterton)这样写道:"当事情尚未绝望时,'希望'只不过是虚假的口号;唯有在事情完全绝望时,'希望'才能真正成为一股力量。正如所有基督教的美德一样,这话似乎不尽合理,却又是千真万确的。"

多年来,耶利米的信息中一直提到神的审判,如今这项审判即将临到，他便全心全意留心神审判的目的：预备人心接受救恩的应许。他并没有自鸣得意地说："看吧！我早就告诉过你们！"他也无意去赢得大预言家的头衔。耶利米是个讲求实际的人，他所关心的是神的目的如何能实现在当下的环境中，以便将笼罩在耶路撒冷的低气压转为盼望。他丝毫没有因伤害他的人遭遇困境而幸灾乐祸。

此刻，由耶利米话语中透露出希望：如今，不只是巴比伦人在城门外，别忘了神也在我们当中，这审判是由他而来。我们只管去面对、去接受神的管教，而不要绝望，因为这一切都是为你好；他并没有拒绝你，而是要与你同工。"这是雅各遭难的时候，但他必被救出来。"（耶 30:7）"你为何因损伤哀号呢？……耶和华说：我必使你痊愈，医好你的伤痕。"（耶 30:15、17）

审判绝不是最后的目的。数百年来由于人心刚硬，因此审判是必要的，其作用在于将人心向超越人本身的真理敞开，并破碎自以为是的外壳，好叫人经历到这位乐于医治、怜悯、宽恕、供应源源不断恩典的神。

脱离刀剑的以色列人……
曾在旷野蒙恩……
我以永远的爱爱你，
因此我以慈爱吸引你。
以色列的民哪，
我要再建立你，你就被建立。
你必再以击鼓为美，

与欢乐的人一同跳舞而出。

（耶 31:2—4）

这不是法庭上的严峻判决，也不是报复性的气话，而是出自一位父亲温婉的言辞。

以法莲是我的爱子吗？
是可喜悦的孩子吗？
我每逢责备他，
仍深顾念他。
所以我的心肠恋慕他，
我必要怜悯他。

（耶 31:20）

多年来耶利米已经提出审判的警告，但当人们事业一帆风顺时，总以为没有任何事物能阻碍他们。如今敌人攻城的消息频频传来，终于使他们相信事情好转不了了；就在此时，耶利米却在宫廷的牢狱中（一个显然毫无盼望的地方），说了令人意想不到的话："耶和华说：你末后必有指望。"（耶 31:17）

然而这篇带有盼望的信息同样没有人相信。

亚拿突之地

一天，耶利米叔叔的儿子哈拿篾来到耶利米被囚的地方，提议要把位于耶路撒冷东北三英里的、耶利米故乡亚拿突的一块地卖给他。哈拿篾是当真？还是在骗他？此刻巴比伦军队正扎营在亚拿突啊！这就好比有人对我说，他相信在有生之年，地球上的人类将在火星上定居，而我回答："太棒了！就让我把火星上的一亩地卖给你吧！"

耶利米早就说过："你禁止声音不要哀哭，禁止眼目不要流泪……耶和华说：你末后必有指望，你的儿女必回到自己的境界。"（耶 31:16—17）这不久，哈拿篾就来找耶利米，说："我在便雅悯境内亚拿突的那块地求你买来，因你买来是合乎承受之理，是你当赎的，你为自己买来吧。"（耶 32:8）

对于这个提议，普通一个讲求实际的人会怎么做呢？据我猜测耶利米一定来回踱着方步，好不容易才冒出以下的话："哈拿篾，你还没完全搞懂我的意思，我说的只是一种比方，你千万不可以从字面上来解释，也不要试图把亚拿突那块没有价值的土地转手给我。我从事传道并不表示我就那么愚蠢。一头鹿值多少钱，我可清楚得很。"在一旁的听众，听到这番话大概会很兴奋，因为耶利米并不如他们想象的那么笨。

然而事情并非如此。圣经记载耶利米不假思索地便同意买下亚拿突那块地，一点也不在乎别人对他的看法。他拿了十七舍客勒银子，又找来必要的证人，在契约上签字、盖印，然后请他的朋友巴录，把地契保存在瓦器里，"可以存留多日，因为万军之耶和华，以色列的神如此说：将来在这地必有人再买房屋、田地和葡萄园"（耶 32:14—15）。

耶利米也知道，现在买那块地看来实在很笨，根本是悖乎常理和舆论的，然而他还是凭神的带领买下了那地。他不是为了个人的利益，而是为了证明上帝所应许的一个必然结果。然而他仍不免觉得自己很笨——于是他向神祷告，让神的话再次进到他里面。“主耶和华啊，你曾用大能和伸出来的膀臂创造天地，在你没有难成的事。……看哪，敌人已经来到，筑垒要攻取这城，城也因刀剑、饥荒、瘟疫，交在攻城的迦勒底人手中。……主耶和华啊，你对我说：‘要用银子买下那块地，又请见证人。’其实这城已交在迦勒底人的手中了。”(耶 32:17,24—25)

当他祷告时，就得到神的证实：“我是耶和华，是凡有血气者的神，岂有我难成的事吗？……我怎样使这一切大祸临到这百姓，我也要照样使我所应许他们的一切福乐都临到他们。……日后在这境内必有人置买田地。”(耶 32:27,42—43)

活在盼望中

买下亚拿突的那块地，其实是出于盼望的一种审慎表现。它之所以显得愚蠢，乃是由于它与事实不符，看似不切实际；其实这事实已经成立，只是尚未看见罢了。它是希望促使我们采取切合神应许的行动。

通常我们所谓的希望，只不过是对于我们认为达不到的事情的渴求，多亏我们能加以判断，才不至于花费金钱或把整个生命投进去。然而，圣经所提到的盼望却是一种实际的行动——如同买下亚拿突的一块地。能够将希望以行动表现出来，是因为确信神将要完成他已经开始的工作，即使从外表看来是多么不可能的事。

对“巴比伦”有多方面个人体验的威廉·史崔法罗(William

Stringfellow)很赞同耶利米的看法,他说道:“面对死亡时,所有的盼望便是仰赖神的恩典:视生命为一份礼物,而非一项酬劳或惩罚;希望是始终坚持、怀着盼望、愉悦地活在神话语的大能中。”①我们周遭的人必定为这盼望所吸引;我们所处的每一个环境,也必定包含在神为人预备的国度中。“盼望”是愿意花代价去相信。我们绝不会失望地离开这个复杂的世界,也不会忿忿地撇下当尽的责任,更不会轻易地放弃每一个看来桀骜不驯的人。

当然,停止任何冒险而陷在毫无希望的景况中,远比付出很多代价而活在希望中来得容易,因为我们可以过着慵懒的日子,却又丝毫不会损及名声。如今做犬儒主义②的拥护者,是很时髦的;而活在看不见的盼望中,却反而违背时代潮流。

切合实际

有一件事我很难理解,就是当有人说:“对,圣经所讲的是不错,然而当要面对严酷的现实时,我们还是得讲求实际,对不对?毕竟耶利米不必为薪饷发愁。”说这话的人,使我想起乔治·艾略特笔下的塔利弗先生,他认为“在教会所谈的事与一般常识是两回事,而他也不要任何人告诉他常识是什么”③。

---

① 史崔法罗(1928—1985),美国著名的神学家。引文出自他的 *An Ethic for Christians and Other Aliens in a Strange Land*(Waco,Tex.:Word Books,1976),p. 138.

② 犬儒主义学派与斯多亚学派、伊壁鸠鲁学派、新柏拉图学派并列为古希腊四大学派,一般认为是由苏格拉底的弟子安提斯泰尼创立的。奉行这一主义的哲学家和思想家大多旁若无人,放浪形骸,像狗一样感觉灵敏、敢咬敢斗。其基本教条是人要摆脱世俗的利益而追求唯一值得拥有的善。

③ 塔利弗先生是乔治·艾略特小说《弗洛斯河上的磨坊》中的人物。

然而根据史实的记载，耶利米是唯一没有结党企图逃亡的人，他采取了实际行动，用十七舍客勒银子买了亚拿突的一块地。这使神的话得以兑现，也为每个想走出绝望、进入神全备救恩中的人，立下了根基。

“除非有事实作根据，否则争论亦无效。”①出于盼望的行动，就是走在神为人预备的道路上；它们不见得壮观，不见得令人敬畏，甚至被人视为不重要，因为出于盼望的行动与大多数人的做法完全不同。于是这个社会成了最不实际的社会，我们活在其中，必须时时与其对抗；这需要十足的勇气，但却是唯一能将世界从腐朽败坏中拯救出来的途径。

---

① Philip Reiff, *The Triumph of the Therapeutic* (New York: Harper & Row, 1966), p. 37.

15

论列国

耶和华论列国的话临到先知耶利米。论到关乎埃及……论非利士人……论摩押……论亚扪人……论以东……论大马士革……论基达和夏琐的诸国……论以拦……论巴比伦……

——《耶利米书》46:1—2;47:1;48:1;
49:1、7、23、28、34;50:1

假使我们把外邦人弃于他们的传说和命运中,并以他们的宗教观来加以评断,则他们根本与神的创造无关,根本就是被拒于门外的一群;然而事实并非如此。神并没有放弃他们,反而从起初就将他们列入他创造的计划中。他们和我们同样生活在神自太初洪水中救起的土地上,他们是神拯救的最后目标,是神在世界的中心锡安山上工作的终极目的。

——卢文(Arend Th. Van Leeuwen)①

我从小生长在西部的一个偏僻小镇,那是一个鲜为人知的地方。在我们认识的人当中,也没有人到外地旅行,因此我们与外界几乎是隔绝的。不过偶尔也有一些例外。例如:我有一位伯父参加了第一次世界大战,在法国负了伤,我从他口中得知了许多战争期间发生的事。而我母亲的几位兄弟姊妹,他们是在年轻时由挪威到此地的,也说了不少农场和峡湾的故事,为我们假日的团聚平添了不少色彩。我祖父平日说话带着瑞典口音,但他从来不提他的出生地。我能知道的就只有这些了。由此可知,这里实在不是一个能令人正确了解世界的好地方。

虽然当时的我只有十岁,但对于世界各地的语言、风俗、习惯、气候、地形等的差异,却已有清楚的认识。这些知识并不是在课堂上学到的,而是从教会学到的。因为当时经常有传教士从远方来,我们家通常负责接待他们。在餐桌上所聊的话题包罗万象,包括非洲的大象、印度的寺庙、芬兰的湖泊、巴西的丛林、印尼的土风舞以及刚果河之歌等。这些传教士身边总会带着古老的物件和照片,滔滔不绝地讲述动人的经历。他们的热诚、风趣,以及所说的故事和祷告,在我童年的记忆中留下了极其深刻的印象。我想,即使是生长在大一点的小镇里,所获得的知识恐

① Arend Th. Van Leeuwen, *Christianity in World History*, trans. H. H. Hoskins (London: Edinburgh House Press, 1964), p. 100.

怕也不及这里多吧！

在基督徒之中，我的经历算是一个典型，因为圣经的信仰是世界成为一家。一旦接受了这个信仰，就会发现自己是与一群正努力超越各种界限——语言、种族、地理或文化——的人为伴，而我们的目的，就是要表明没有任何人、任何地方是超出神计划之外的。

世界一家

这种特质是从起初就有的，它与人类的冒险心理以及尖端科技均无关系，乃是源于神性和信仰的本质。而把此地改变为一个世界性村落的不是我们所赖以生存的物质或环境，而是这批传教士。在耶利米蒙召之时，神是差派他做"列国的先知"（耶 1:5）。"列国"（*goyim*）特指超越国界和国籍。耶利米绝不是单单受召做希伯来人的先知，也不是只在犹大宫中做教师——他乃是"列国的先知"。

这个头衔足以排除一些人以为信仰只属于某一特定的国家或文化的误解。人必须有意识地在与所有的事实保有健全关系的环境下成长，而神则涵盖了绝大部分的事实。如果我们以为神是有地域性的，单属于某个部落，那就错了；果真如此，我们的生命也会相对地受到限制。耶利米一生都在狭隘的宗教观里奋战，他用尽各种方法，要使以色列人了解他们并非神唯一的选民，而信仰生活应该使我们参与世界性的社会里，其中包括有着不同的外表、行为和语言的人。

符合圣经的信仰一直都具有这种世界观。神给亚伯拉罕的应许是“地上的万族都要因你得福”(创12:3)。奈尔斯(D. T. Niles)根据圣经来考据,得出的结论是:“这位将以色列由列国中拣选出来,使其具有特殊历史的神,也一直是列国的神。他领以色列人出埃及,领非利士人出迦斐托,领亚兰人出吉珥。[①] (摩9:7)他关心列国列邦,因为他是他们的神(耶20:4;赛10:5)。”启示录最后的异象显示,列国要在神荣耀的光中行走,并吃生命树上的果子(启21:24,22:2)。神绝不是局限在巴勒斯坦的神,他的慈爱远达地极。耶利米被称为列国的先知,因为他所传扬的神乃是列国的上帝。既然神不受地域限制,那么信仰也不该受地域的限制。

人为的宗教,总是为了满足人自己的需要,但这往往抹煞了事实。我们喜欢与一群老朋友闲聊,因为那使我们觉得安全;因此不论这种生活是多么陈旧,我们也不在乎。“为何人愿意过一种琐碎的生活?”贝克(Ernest Becker)自问自答:“自然是因为经验中有太多的危险。”[②]虽然这对于人性并不构成危险,但却危及我们的处世观,使我们在待人处事上皆以自我为中心。世界愈广阔,人就愈难掌握自己。其实,世界是属于神的,并由神管辖。人必须参与神的作为,而不是靠操纵我们所能处理的事物才能完全。正是基于这种信仰,圣经对于各种形式的孤立主义都不断地加以驳斥。

列国的先知

然而,耶利米大半生从未离开过耶路撒冷及其邻近地区;他晚

---

① D. T. Niles, *Upon the Earth*(New York:McGraw Hill Co.,1962),p. 250.

② 贝克(1924—1974),美国文化人类学家,跨学科思想家和作家。引文出自他的 *The Denial of Death*(New York: The Free Press,1973), p. 74.

年虽曾被迫前往埃及，但这并不足以称他为“列国的先知”。既然他未曾离开耶路撒冷，又如何能完成作列国先知的使命呢？原来，他预言的对象竟有十个国家之多，包括埃及、非利士、摩押、亚扪、以东、大马士革、基达、夏琐、以拦和巴比伦。这些国家所涵盖的范围相当广，西起埃及，东至以拦，宽约一千五百英里；北起大马士革，南至以东，长约五百英里——总面积约七十五万平方英里。耶利米虽然并未到过这些国家，然而他在心智及精神上却已游遍世界。这些论列国的预言记载在耶利米书的46—51章。

耶利米借着王宫大臣西莱雅赴巴比伦之际，请他将自己预先写在书卷上论巴比伦的话带去，并吩咐他务必要将书卷上的话念给巴比伦人听，念完后，再用石头绑在书卷上，沉到附近的幼发拉底河里，然后宣告：“巴比伦要像这书卷一样沉下去，不再浮上来，因为神要向他降灾难。”（耶 51：64）

至于论到其他国家的预言是如何传达的，我们就不得而知了。那些信息是否也以同样的方式，经由旅行的商人或军人、政府官员带到那些国家呢？当然有这种可能。

然而不论传递的方式如何，我们确信耶利米在预备这十篇信息时所秉持的态度是相当慎重的，正如他在耶路撒冷亲口向以色列人传讲神的话一样。他的信息不但具有大能，且融合了诗歌般的技巧；他说的话没有一句是陈腔滥调，他重视语言，因它们具有神圣的特质，是上帝给人的宝贵恩赐。玛丽安娜·莫尔（Marianne Moore）在其著作中提到，使用语言文字需要谦卑、专注，并具备艺术性。她形容“谦卑”是必备的外在装饰，“专注”是为了达到语言清晰的效果，而“艺术性”则是糅合谦逊和技巧而自然流露的结果。①以上特质从耶利米所传的信息中能明显地表现出来。而这些论到列国的话,也呈现出同样充沛而有节制的力量,绝非随随便便丢给外人的次等作品。约翰·布莱特(John Bright)称赞耶利米书是"所有先知书中最好的诗文"②。

如果我们留意耶利米写给这十个外邦国家的信息,就会发现他对这些与他个人毫无关系的民族,竟有如此深刻的认识!不论是他国的地理、历史或政治,他都加以研究,以便能更深入了解他们的特质,以便针对各个国家的情况切实传递神的话。当我们读到这几处经文时,通常会碰到一些困难,但这正代表了这些国家在地理景观及政治上的特征。正因如此,各国的人民在听到关于祖国的预言时,能深刻感受到这话是针对他们而言;他们并没有被视为一群"外邦人"。

我认识一位二次大战后来到美国的政治难民加斯,他曾是做家具的好手,但战后为了生计,就在一所教会担任司事。后来我做了那个教会的牧师,便和他熟了起来。不久,我有了第一个孩子,于是屋里的玩具堆得到处都是。当我知道加斯以前是木工之后,便问他可否抽空随便为我钉个玩具箱,我想他顶多只要花一个钟头就可以完工。几个星期后,他竟送来一个经过精心设计的玩具箱!天啊,我随便地提一个请求,竟得到他如此的重视:这哪是一个箱子,简直就是一件家具。我很高兴,但又为他花了不少时间而觉得过意不去,于是我向他深深表达了我的感谢和歉疚。他的妻

① Marianne Moore, *Predilections*(London:Faber & Faber,1956), p.12.

② Bright, *Jeremiah*, p.307.

子半责难地对我说:“你该了解,加斯既然是一个家具工,他就绝不会‘随便拼凑’一个箱子,那是有损他尊严的事。”如今那个玩具箱放在我们家已经超过二十年了,每当我有意想把手边的工作草草结束时,它总会令我感到自责。

同理,耶利米身为先知,他的职分不允许他随口就代替神说话。不论他预言的对象是与他朝夕相处的同胞,还是这些毫不相干、从未谋面的列国百姓,他仍以最慎重的态度说出神要他说的话。

警告与审判

耶利米论到列国的预言,其内容与他对自己同胞所传讲的信息大致相同:先有警告与审判,才有救恩临到。论到埃及的审判:“住在埃及的民哪,要预备掳去时所用的物件,因为挪弗必成为荒场,且被烧毁,无人居住。”(耶 46:19)论到救恩:“以后埃及必再有人居住,与从前一样。这是耶和华说的。”(耶 46:26)

论到摩押,有人为他哀悼哭泣,说:“摩押的灾殃临近,他的苦难速速来到。凡在他四周的和认识他名的,你们都要为他悲伤,说:‘那结实的杖和那美好的棍,何竟折断了呢?’”(耶 48:16—17)但结语竟是:“耶和华说:到末后,我还要使被掳的摩押人归回。”(耶 48:47)

对亚扪则说:“以麻布束腰;要哭号,在篱笆中跑来跑去,因玛勒堪(他们的神)和属他的祭司、首领要一同被掳去。”(耶 49:3)然而,结语依然是:“后来,我还要使被掳的亚扪人归回。这是耶和华说的。”(耶 49:6)

论到以拦,警告说:“我必折断以拦人的弓,就是他们为首的权力。我要使四风从天的四方刮来,临到以拦人,将他们分散四方。"(耶49:35—36)但最后仍出现那句特别的话:"到末后,我还要使被掳的以拦人归回。这是耶和华说的。"(耶49:39)

这些预言绝大部分论及神的审判,只在最后一句话提到救恩的盼望,但这却足以避免人误会这些话是耶利米基于个人报复心理所说的咒诅。此外,这些信息也显示审判的目的:拯救。圣经对犹太人和外邦人所传的信息是一样的,正如使徒保罗所说:"我们比他们强吗?决不是的。因我们已经证明:犹太人和希腊人都在罪恶之下。"(罗3:9)

论列国

耶利米论及列国时,不但一一指名详加描述,而且非常郑重其事。对于人类学家所谓的种族优越——认为自己的民族比其他民族优秀,而凡是具有威胁性的种族都被看为卑贱——耶利米都明显地加以排斥。肯尼斯·克莱格(Kenneth Cragg)通过几世纪来人类在信仰上的经历,对这项事实及其含义加以研究后的结论是:"这类福音书并没有被限定是属于哪一国的,凡是在这具有多样种族的世上,凡谦卑与神同行的人,将不断发现更多与其所接受的真理相关的事物。要认识基督,必须全人类共同来奋斗。……凡接受此信仰的人,就不再是以世俗的观念,企图使其本身的文化成为世界性文化;他们只是与听者互通声息。"①

① 克莱格(1913—),美国著名学者。引文出自他的 *The Call of the Minaret* (London: Oxford University Press,1952), p. 183.

伸出援助之手，是走向完全的第一步，这不仅是为他人，也是为自己："要认识基督的全人，必须所有人类共同奋斗。"超越各种藩篱，深入各个种族（或如耶利米一样运用想象，或如西莱雅一样实地前往），以表彰神无私的大爱，同时也使我们本身更加健全。人不可能闭锁在自己的习惯中而达到完全的地步，即使他们相当虔诚，即使他们的信仰十分纯正，也不可能在一个排他性的小集团中臻于成熟。橡树不能生长在一个小桶子里，因为它需要广大的土地和天空；同样，人也不能生存于褊狭的少数派中，否则永远成熟不了。愈广阔的世界，愈能培养我们回应的能力。而耶利米之所以伟大的原因之一，就是他关怀外邦人。若我们与神所创造的世界隔绝，就不可能成为完全人。实际上，相信神的人所面临的事应该远多于不信神的人，因为"神是这样爱世人"。

然而我们却经常违背这项事实，忽视、轻看局外人；我们结交思想和相貌相仿的人，排斥不同种族的人。凡是暴露我们的偏见或是损及我们自恋心态的人及事物，都为我们所不容。

安德烈·拉寇克和皮埃尔·拉寇克（André and Pierre-Emmanuel Lacocque）二人结合圣经、神学及心理学三方面的资料，将此种情形称为"约拿情结"——自己的价值观与神下的命令有冲突，权衡本身的安逸与使命感。① 约拿渴望能享受个人才能和累积的财富所带来的快乐，但神的呼召却又时刻催促着他，粉碎他的偏见，干扰他追求世俗的快乐；他处于两者间，几乎被撕裂。

---

① André and Pierre-Emmanuel Lacocque, *The Jonah Complex*, p. 30. 安德烈·拉寇克，芝加哥神学院旧约圣经的教授。

然而，我们看到耶利米，也看到在我们周围(家庭、社区、教会)，也有一些类似耶利米的人，他们走出舒适安逸的家园去学习别国的语言，了解异国的文化，并勇于面对仇视和误解。他们带着伤痕，向世人证实在任何地方、任何种族都能过这种信仰生活。

16

他们必在埃及灭亡

你们所剩下的犹大人哪，现在要听耶和华的话。万军之耶和华以色列的神如此说："你们若定意要进入埃及，在那里寄居，你们所惧怕的刀剑，在埃及地必追上你们！你们所怕的饥荒在埃及要紧紧地跟随你们！你们必死在那里！"

于是加利亚的儿子约哈难和一切军长并众百姓，不听从耶和华的话住在犹大地。加利亚的儿子约哈难和一切军长却将所剩下的犹大人，就是从被赶到各国回来在犹大地寄居的男人、妇女、孩童和众公主，并护卫长尼布撒拉旦所留在沙番的孙子、亚希甘的儿子基大利那里的众人，与先知耶利米以及尼利亚的儿子巴录，都带入埃及地，因为他们不听从耶和华的话。……

所以万军之耶和华、以色列的神如此说："我必向你们变脸降灾，以致剪除犹大众人。那定意进入埃及地、在那里寄居的，就是所剩下的犹大人，我必使他们尽都灭绝；必在埃及地仆倒……"

——《耶利米书》42：15—16；43：4—7；44：11—12

违背真理的事，莫过于轻易相信神只在生活进步、医药普及、改正恶习以及基督教广传时才会向人显明。这项理论所产生的反应，数年前在所有基督徒及天主教徒中几乎完全取代了摩西、以利亚和耶稣基督一脉相承的信仰；而目前它正把群众推开他们宗教的原驻点。要达到真正心灵的提升唯有通过灾难及痛苦，而后经由这种剧变的洗炼达到新的境界。当旧有的被铲除，新的尚未萌生之际，心灵及肉体所承受的痛苦便孕育出不同的社会形式及更深刻的心灵洞见。

——奥布莱特（William Foxwell Albright）①

每当我对信心生活产生倦怠时，就开车到二十五英里南，巴尔的摩的纪念体育场看一场棒球。在球赛进行的数小时间，那个经过精确丈量后画出的几何形球场就成了我全部的世界。球场上的每个动作都那么优美、均衡，容不得你分心，而某些复杂的动作的确需要相当高度的技巧才能做到。球场上有裁判明察秋毫，一旦有犯规的情形，立即会受到惩罚；不按规矩打球的，也一律被判出

---

① William Foxwell Albright, *From the Stone Age to Christianity* (Garden City, N. Y.: Doubleday, Anchor Books, 1957), p. 402.

局。凡是球员有杰出的表现，观众便会立刻报以掌声。球赛开始时，即使是不同个性、不同价值观、不同信仰及文化背景的人，却拥有一致的目标。球场上的事样样都很明确，绝不会叫人搞不清；而比赛一结束，输赢便立即分晓。比赛的整个过程最后透过明显的数字清清楚楚地打出来，甚至可以算到小数点后的三位。

现实世界中也包含了我们在球场上所目睹的一切——有优美的一面，也有拙劣的一面；有卓越的表现，也有莽撞的举动；有胜负，有赏惩；有合一的目标，也有分歧的意见——但只有一点是截然不同的：事情没有显著的分界，而是混淆在一起。时候到了，要发生什么事根本不可能预见；无法用线条来界定范围，目标也可能背道而驰，方式更是多有争议。当球赛结束，我离开那个有矩可循的几何世界后，又拾起那些由墨水点绘成的图形，尝试去解释它们所代表的意义，试图透过性格测验来判断我的性格以及适合我走的路。我虽然有精确的手表，但就人生的某一经验而言，它却无法指明现在是刚开始抑或接近尾声，至于最后的输赢更无法定论。

选择埃及

当以色列人厌倦了凭信心生活时，便决心到埃及去，因为那里事事明确，就是宗教信仰也不需要凭个人经验来体认——这与耶利米一生所传的完全不同。对耶利米来说，在其人生的最后阶段却被迫来到事事令他憎恶的埃及，这无疑是一大讽刺。

以色列人不止一次以埃及取代他们的信仰。当信心之父亚伯拉罕过腻了信心的生活时，便前往埃及（创 12:10—12），希望在那里能找到平安，不料却被人骗了。亚伯拉罕是神拣选的第一个人，他在埃及的经验对于信心的建立无疑是一项伤害。

当希伯来人好不容易脱离了埃及的束缚，进到旷野操练信心生活之时，总不断有人发怨言，想返回埃及。不错，他们曾在那里为奴，但至少不必担心安全问题。这忽隐忽现的云柱，实不足以取代那一座座稳固的金字塔在他们心中的地位。

稍后，在以色列国极盛时期，所罗门王娶了埃及法老的女儿，因而在以往单凭信心的生活中，输入了埃及的具体事物（王上 9：16）。这在当时看来，想必是一桩妙策——凭信心在神应许的土地上生活，同时又借与埃及联姻以确立一层保障。然而在信心生活上一旦妥协，所罗门王发现自己愈陷愈深；为了挽救他的王朝，不得不与邻国联姻（王上 11：1—8）。

公元前 586 年耶路撒冷陷落，在极大的困惑与混乱中，以色列人又将循先前的例子，屈从于埃及了。

没有比单凭信心而活得自然、有希望、合乎道德更困难的事。巴比伦入侵所带来的蹂躏和狂乱，前所未有地危害到人们的信仰生活。具有五百年历史的圣殿，如今只剩一堆乱石，原本富有深意的崇拜仪式消失了；数十年来曾带出神坚定话语的传道者，如今也沉寂了。在这悲惨无望的时刻，耶利米开始激励他的同胞：抛开恐惧，重新开始过信心的生活。

去埃及是一条比较容易的路。那里凡事都清楚而明了，绝没有模棱两可的事，甚至今生和来生的大小事情也都有所说明。于是，他们便去了埃及。

埃及的地形令人一目了然。贯穿沙漠的尼罗河将埃及分为两部分：沿河两岸充满了生命，河以外的地区则呈现一片死寂。

没有显著的山岭，没有神秘的峡谷，也没有其他河流，只有尼罗河以缓慢有序的步调静静地流着，一切的生命、动植物都与它息息相关。

埃及的建筑相当显眼。金字塔与神庙，在整个景观中很突出。它们在结构上所运用的数学，其精密度至今仍令人赞叹。这些在沙漠中浮现的古老建筑，毫无隐讳地呈现出它们所蕴含的意思：金字塔向人道出死亡的奥秘；神庙中的雕刻及结构，则解开人对生命的谜团。在晴空万里、一望无际的沙漠中，这些经由人手所雕凿出的形象夸大了事实，使人误以为能除去一切的焦虑与不安。他们采用一种高明的手法，就是一旦对某件事的重要性起了怀疑，便把它造得更大些。

埃及的神学毫无隐讳。凡是不可见的都加以具体化，因而所有的神都有他们的形象。结果，那原本应该超越人类的，却反而比人还卑下：猫、鹰、土狼、公牛、朱鹭都成了埃及神的代表形象。程式化的结果，使得这些形象的神奇与自然荡然无存。这是一个受绝对支配的宗教，一切事实都透过扁平的石雕和单调的数字语言来表现。

埃及的社会有明显的阶级划分。人的地位受到这种限制，最高的是国王，最低的是奴隶，其他的人则界于此二者间。所幸人们能清楚知道自己的位置，似乎这也可以当做一种补偿。地位愈低的人，负的责任愈少；希望愈少的人，必须经管的事物也愈少。

埃及可谓古文明所存留下来的运动场：明显的范围，严格的规则，球员（王室）与观众（平民）间的明显分际，所有的神都有其固定形象，以便人们可以分出谁是谁（我们没有队员表便叫不出球员的名字)，尤其是数字——每件事都可经由几何学、三角法以及算术来说明。

信仰中明确的经历

信仰生活里并非凡事都不能确定，还是有些例外：如浩瀚、崇高的和谐，深刻、悦人的涵义，丰富、扎实的经验等。然而这些明确的经验，乃是由内心而起，绝非无中生有，也不可操之过急；它们有组织，是个别的，但非机械的。信心是勇往直前和不避艰难，平安是在最混乱的情况下才能获得的，和谐则是在安静、缓慢、毫不唐突的情况下形成的——正如盐与光的效用。这些实际的体验是因为人勇于将自己献给神，而不是为了控制他人或受制于人；是由于深入寻求神的旨意和爱的奥秘，而非单凭说教来证明自我的重要。

这些明显的事实唯有信心的双眼和行动才能看到、经历到。耶利米的生命中充满了这种真实的信仰经历，可惜周遭的环境始终是一团混乱。时而热诚、时而绝望的心境，令他对自己和神产生怀疑；然而这些内心的痛苦，似乎从未影响他对神的奉献。他与神争辩，却未放弃神，因他深知自己必须与神同在。他谨守神的约，毫不妥协，且坚定盼望神的怜悯。他信靠神，但并不表示他始终相信自己，而他周遭的世界也并未因此变得明朗。世界始终是一团混乱——以后也将一直如此。

在耶路撒冷陷落、以色列人尚未逃到埃及前这段有史以来最黑暗的时期，也是耶利米生命的最后阶段，却出现了曙光。

正如他一向警告以色列人的，耶路撒冷果真陷入巴比伦人手中，城中所有的人都要被放逐。耶利米的话应验了，而假先知的谎言也被拆穿了。当时耶路撒冷除了少数非常软弱、毫无利用价值的人被留下之外，其余的人（包括耶利米在内）都要被迫穿越七百英里酷热的草原，被掳到巴比伦去。当漫长的队伍在离开耶路撒冷五英里的途中，巴比伦的将领尼布撒拉旦得到王的命令，要他们禁止前进，而让耶利米选择是要去巴比伦，或是留在耶路撒冷。

想想看，征服了世界的尼布甲尼撒王，竟然指定要给耶利米选择的权利！过去在耶路撒冷时，耶利米曾多次被人嘲笑、在狱中几乎丧命、又被软禁在宫中、被挂在示众台上供人取笑；如今，艰辛的放逐生涯才开始，就突然接到一道命令，除去了他的锁链，甚至连尼布撒拉旦还让他选择去留。他有权带着王的承诺到巴比伦去——完全自由、不受监禁（如此一来，他将再也不必忍受自己同胞的谩骂了），也有权继续留在他一生所居住的耶路撒冷。而刚被立为省长的基大利（沙番的孙子），在过去就一直是耶利米的好友，如果耶利米选择回去，一定会受到他的热烈欢迎。

若回到耶路撒冷，那么日子将是筚路蓝褛的：人力、资源和物资全都缺乏，只有少数毫无用处的可怜人！这对一个六十五岁的人而言，前景似乎不太乐观。

若继续留在巴比伦，那么日子将是悠闲自在的：有固定的年俸，受贴身的侍卫保护，并备受巴比伦人的敬重；耶利米的确有权选择退休养老了。他一生受尽了自己同胞的嘲笑和排挤，而巴比伦人却十分敬重他。

然而耶利米并不准备就此颐养天年，他并没有厌倦过信心的生活。长久以来，他早已不以自己的财富多寡来判断生存的机会，反而仰望神的恩典；对他而言，“每早晨都是新的”。所以他毫不犹豫地选择留在混乱、贫穷的耶路撒冷——他相信神要为着他自己的荣耀,兴起这批人做他的子民。

耶路撒冷遭受审判之后,人们不再认为物质丰裕就是神祝福的表现,也不再认为国家强盛就能彰显神的荣耀,更不认为宗教仪式就足以证明神的同在。如今,所拥有的财富以及代表身份地位的权势都失去了,强盛的国家、美善的宗教都成了过眼云烟,唯独神依旧存在。不论文化、政治、宗教或社会各方面,凡会妨碍人从耶利米的信息中了解神话语的假设,如今都一概除去了。这真是培养信心成熟的大好时机。神将要在这空虚混沌中,展开新的创造。

当日耶利米在拉玛的选择,是他一生中最具特色的行动。他选择留在神所命定的地方,就是神施行作为和救恩的应许之地。耶利米选择继续过信心的生活。过信心生活并不意味能得到赞赏,也不意味每战必胜;过信心生活必须随时准备依靠不可见、不可摸、无法预测的因素而生活。卡尔·巴斯(Karl Barth)写道:“若我们定睛在世界最后将步入的死角以及它所呈现的空虚,定睛在苦毒的呻吟或积压了无穷罪恶的地方,我们将会遇见耶稣基督。……当人生的谜达到顶点时,所有的事物便将会转变。只有当一切能凭借的事物消失、唯独神存在时,他荣耀的盼望才会显现出来,成为我们真实永存的神。这位以各种困境使我们认识他的神,如今近在咫尺——为着你和我。”

此刻,耶利米生命中所出现的暧昧、矛盾、似是而非全部解决了。环绕他一生的一个个问号——究竟他是不是真正的先知?他是爱国者还是叛国贼?究竟他是清醒还是受人蛊惑?他所做的一切是否徒劳无功?——如今都变为肯定的惊叹号。他所传扬的真理获得了证明,他的诚实不欺得到了肯定,他献身于神的应许也有了回报。终于有了快乐的结局了!

不是结局

然而故事并未到此结束,这段美好的时刻不久又陷入一团混乱中。

基大利当省长不久后,以实玛利便杀了基大利和他的左右手,把他们的尸首扔在坑里。后来有个名叫约哈难的人站出来纠合余民,追击以实玛利,将他赶出国境,并着手整顿全国的秩序。

他首先请耶利米为他们祈求神的指引。耶利米向神祷告,所得的指示与先前的一样:这些余民将留在耶路撒冷,神要以他们来兴起一个圣洁、属他的国。换言之,他们要继续过信心的生活。"你们若仍住在这地,我就建立你们必不拆毁,栽植你们并不拔出。……我要……怜悯你们。"(耶 42:10、12)

他们虽然敬重耶利米,却不够信靠神;因此,他们虽然请先知为他们祈求,结果却并未照神的指示去行,他们已经过腻了信心生活,于是定意前往埃及。一方面是惧怕以实玛利的恐怖行动会招来巴比伦人的报复,更大的原因还是他们不愿冒险依靠看不见的神,去过一种没有把握的信心生活。他们希望有一个固定形式的经济组织,能给予他们安全和稳定,也就是他们认为埃及能够提供他们的利益。"我们要进入埃及,那里看不见争战,听不见角声,也不至无食饥饿。我们必住在那里。"(耶 42:14)他们在寻找一条轻松好走的路。

有太多人宁可住在埃及，而不愿过信心的生活。他们接触信仰的目的与我看球赛的目的一样——为了逃避现实生活的迷乱；为了找个能看清球赛的好位子，以便对每个人的表现下评断，并看到他们所应得的结果。许多与宗教有关的聚会，也只是为了满足这种欲望：希望世上的事物有组织、有规则，希望每个人清楚知道自己的位置，希望好坏能明显地区分出来。

这种形式主义的宗教，唯一的问题出在它所提供的净化只能维持在聚会中，一旦回到现实生活，一切的美好、秩序又回复到原来的混乱，因而使人对聚会以外的生活产生厌恶。因此过这种宗教生活的人会很踊跃地参加各种聚会，以求经常感受到他们所企求的净化和安定。

都不是答案

奥康纳（Flannery O'Connor）曾经提到，在她的一位姑妈的观念中，一个故事若不以某人结婚或谋杀作结，就好像什么也没发生似的。但在现实生活中，却很少有这么明确的结局。事实上，最好的故事是能反映真实的人生，其结局多半不以上述情形作结尾。生命是捉摸不定、充满混乱的，唯有成熟才能忍受随时会面临暧昧、混乱、不合理的情况。假使我们拒绝接受它们，就等于拒绝了生活中极可能是最重要、最宝贵的东西——信心的探险，神的奥秘。

我们想知道耶利米的结局，但却发现没有结局。他的晚年正如他的大半生一样，继续向这个傲慢的民族传扬神的话（耶 44）。我们盼望知道他的结局是成功的，好叫我们确知自我的努力和奋斗也会获得成功;或者,我们希望知道他最后失败了,可见信心的生活得不到任何报偿,我们最好另辟生路。可惜从耶利米的身上我们得不到这些。我们只知道他待在不愿意待的埃及、与恶待他的人生活在一起,继续忠诚勇敢、毫不妥协地朝生命的最高目标迈进。